AF302173

N. PAWO ELIAS

Der Hüter
der Heiligen Stätte

ERZÄHLUNG AUS DEM
VOR-GERRESHEIMER SUMPF

Bibliografische Information der Deutschen Nationalbibliothek:
Die Deutsche Nationalbibliothek verzeichnet diese
Publikation in der Deutschen Nationalbibliografie;
detaillierte bibliografische Daten sind im Internet über
https://dnb.dnb.de abrufbar.

© 2023 N. Pawo Elias   **www.npawoelias.de**

Covergestaltung: N. Pawo Elias unter Verwendung
                        eines eigenen Fotos
Herstellung und Verlag: BoD – Books on Demand, Norderstedt

ISBN: 978-3-7583-1876-4

Hinweise zum Informationsteil

In der gedruckten Version erkennt man Wörter, zu denen es Hintergrund-informationen gibt, daran, dass sie bei ihrer ersten Nennung mit der Formatierung **fett / <u>unterstrichen</u>** versehen sind. In der E-Book-Version sind so formatierte Begriffe zum Informationsteil verlinkt. Von dort zurück zum Text kommt man durch Klicken auf die Überschrift des jeweiligen Eintrags.

Fett / <u>unterstrichen</u> formatierte Verweise *innerhalb* der Erklärungen führen im E-Book durch Anklicken zum markierten Eintrag. Zurück zum ursprünglich angeschauten Eintrag kommt man in diesem Fall über das Inhaltsverzeichnis, in welchem man einzelne Schlagwörter durch Anklicken aufrufen kann. Auf diese Weise kann man selbstverständlich auch beim Lesen im Haupttext an der aktuellen Stelle nicht verlinkte Begriffe nachschauen. Für die Leser der gedruckten Version weist das Pfeilsymbol → auf das Vorhandensein eines Eintrags zu dem auf den Pfeil folgenden Wort hin.

An dieser Stelle sei angemerkt, dass bei vorliegender Erzählung nicht historische Authentizität im Vordergrund steht, sondern die Darstellung der inneren Wirklichkeit der Handlungsträger. Sollten mir bei den nach bestem Wissen und Gewissen erstellten Hintergrundinformationen Ungenauigkeiten bzw. Fehler unterlaufen sein, bitte ich daher, diese zu entschuldigen.

N. Pawo Elias

Inhalt

Vom Blitz gezeichnet

Christi Geburt lag noch ungefähr 100 Jahre in der Zukunft, als ein um die 21 Jahre alter rotblonder Bauer und Jäger namens <u>**Wotan**</u> auf einer sich östlich des Rheins in einem Moor befindenden Lichtung ein Wildschwein verfolgte. Vor lauter Jagdfieber hatten der mehrfache Vater und seine Begleiter allerdings nicht auf das Wetter geachtet. So konnte es geschehen, dass Wotan, der den anderen um einiges voraus war, unmittelbar nach seinem Speerwurf auf das Tier beinahe vom Blitz getroffen worden wäre: Der Feuerstrahl schlug dermaßen nah vor ihm in eine Eiche ein, dass ihm durch das blendende Licht und den nahezu gleichzeitigen Donnerschlag buchstäblich Hören und Sehen verging. Während sein Gehör sich nach einigen Stunden erholt hatte, dauerte es mehrere Tage, bis die vorübergehende Erblindung von ihm wich.

Obwohl diese Beeinträchtigung seiner Sinne von Wotan als schwerer Schlag empfunden wurde, war sie nicht die Ursache der nach dem Unfall erfolgten grundlegenden Veränderung seines Lebens. Die bestand in der Verletzung seines linken Oberarms durch zahlreiche Holzsplitter. Eigentlich waren die davon verursachten vielen kleinen Wunden in keinster Weise gefährlich und schon gar nicht lebensbedrohlich. Der Körper des Jägers reagierte jedoch trotzdem, als sei er nicht von Holzsplittern, sondern von vergifteten Pfeilen getroffen worden: Das Gewebe rund um die Wunden schwoll rasch an, sodass Wotan trotz des geringen Blutverlusts umgehend hohes Fieber bekam und in kürzester Zeit das Bewusstsein verlor.

Voller Sorge brachten seine Jagdgenossen – zu seiner Sippe gehörende Bauern – ihn daher zu einer tief im Sumpf versteckten, als heilig geltenden Insel.

Der Hüter dieses Eilands war als der beste Heiler der gesamten weiteren Umgebung bekannt. Seinem Ruf entsprechend gelang es ihm, Wotan zu retten. Jedenfalls sah es zunächst danach aus. Doch war der Genesene kaum in sein Dorf zurückgekehrt, als die eigentlich gut verheilten Wunden sich unerklärlicherweise wieder öffneten. Ein weiteres Mal wurde Wotan vom Fieber gepackt. Allerdings wollte er unbedingt bei seiner Familie bleiben und begab sich daher nicht erneut zum Heiler. Völlig unerwartet verschlimmerte sich sein Zustand jedoch dermaßen, dass er schließlich wie am Tag des Unfalls das Bewusstsein verlor. Daraufhin trugen ihn einige Männer aus seiner Sippe so schnell wie möglich ein weiteres Mal zur **Heiligen Insel**.

Wieder rettete der Heiler ihn. Doch brachen die Wunden abermals auf, sobald Wotan in sein Alltagsleben zurückgekehrt war. Diesmal wartete niemand darauf, dass sein Zustand sich verschlimmere. Von dem Vorfall zutiefst beunruhigt berief der Dorfälteste stattdessen umgehend eine Versammlung des Rats ein. Angesichts des Umstands, dass die Verletzungen von einem in eine Eiche eingeschlagenen Blitz stammten, das Muster eines Hammers erkennen ließen und noch dazu schwarze Verfärbungen aufwiesen, kamen die Mitglieder des Rats zu dem Schluss, dass dies auf einen Beschluss **Thors** hinweise, dem man sich nicht widersetzen dürfe – zumal Wotan auf der dem Gott geweihten Insel gesund zu bleiben schien.

Thor hatte Wotan auf besondere Weise zu seinem Dienst berufen. Daran bestand für die Ältesten kein Zweifel. Infolgedessen verfügte der Rat, dass Wotan sein weiteres Leben fürs Erste als Gehilfe des Hüters der Heiligen Insel verbringen sollte, um später dessen Nachfolge anzutreten.

Der damit zum Exil Verurteilte war von diesem Beschluss alles andere als angetan. Er liebte seine Familie und sein bisheriges Dasein. Wieso sollte er einsam auf einer unheimlichen, tief im stinkenden Sumpf liegenden Insel leben wollen? Weshalb wurde er so ungerecht bestraft? Oder hatte es sich bei dem von ihm erlegten Wildschwein etwa gar nicht um ein Tier, sondern um ein verzaubertes Wesen gehandelt? – Das war jetzt nicht mehr festzustellen, da der Kadaver durch den unmittelbar auf den erfolgreichen Speerwurf erfolgten Blitzeinschlag verbrannt war.

Trotz der durch die wundersamen Geschehnisse auch bei ihm verursachten Unsicherheit begehrte Wotan gegen den vom Ältestenrat gefällten Beschluss auf. Darüber schüttelten dessen Mitglieder verwundert den Kopf. Dermaßen wenig Respekt und Einsehen hatte man von dem freundlichen und allseits beliebten Verwandten nicht erwartet, obwohl bekannt war, dass der sich nicht nur durch körperliche Größe und Kraft, sondern vor allem durch eine mentale Stärke auszeichnete, die von den Mitgliedern seiner Sippe manchmal als Sturheit, manchmal als Hitzköpfigkeit wahrgenommen wurde.

Um den aktuell gezeigten Widerstand zu brechen, redete man dem sich Sträubenden erst einmal gut zu und versicherte ihm, die Sippe werde sich seiner Frau wie der Kinder annehmen.

Als diese Beteuerung Wotans Widerstand jedoch nicht brach, machte man letztendlich kurzen Prozess mit ihm und sperrte ihn ein. Aufgrund der schnell schwindenden Kräfte des Verletzten fiel es seinen Verwandten in diesem Fall nicht schwer, ihn zu überwinden. Über die Internierung hinaus Gewalt anzuwenden, war daher unnötig: Mit dem erneuten Aufbrechen der Wunden waren die unerklärlichen Vergiftungserscheinungen zurückgekehrt. Folglich musste man lediglich warten, bis der von Thor Berufene zu schwach war, sich dagegen zu wehren, dass man ihn ein letztes Mal zur Insel trug.

Auf diese Weise wurde die beschlossene Verbannung des jungen Bauern und Jägers aus seinem Dorf in die Tat umgesetzt. Sobald der durch die Behandlung des Heilers sein Bewusstsein wiedererlangt hatte, packte ihn unbändige Wut über sein Schicksal. Als er mit der Kraft des Zorns Krankenlager wie Hütte verließ, hinderte der Heiler ihn jedoch nicht daran, da er wusste, dass sein Patient für die Bewältigung größerer Strecken noch viel zu schwach war. Geduldig ging der **Ratmar** genannte Hüter des Heiligtums langsamen Schrittes hinter dem Wütenden her, bis der vor den heiligen drei Thor-Eichen zusammenbrach. Auf dem Boden liegend schrie der Delirierende mit schwacher Stimme gegen den Gott an:

»Warum tust du mir das an? Was habe ich dir getan? Ich hatte geschworen, nie wieder hierher zurückzukehren! Hier wohnt nicht mehr mein Gott, … und ich … ich bin nicht mehr der, … der ich war …«

Diese Worte ließen den Hüter der Heiligen Stätte aufhorchen. Was hatte der heftig gegen sein Fieber Ankämpfende da gerade gesagt? Kannte der ihm ungefragt aufgedrängte Helfer etwa die inoffizielle Geschichte dieses Orts, deren Hüter der Heiler ebenfalls war? Welches Geheimnis verbarg sich hinter der Fassade des Verletzen, ohne dass jenem dies bewusst gewesen wäre?

Wie auch immer die Antworten auf diese Fragen lauten mochten, zunächst war es dringend nötig, Wotan zurück zur Hütte zu bringen. Doch als der Ältere dem Jüngeren vorschlug, auf ihn gestützt dorthin zurückzugehen, schüttelte der lediglich den Kopf und presste mühsam hervor:

»Nein, Thor und ich sind noch nicht miteinander fertig. Ich werde die Nacht hier draußen verbringen – allein.«

Darauf entgegnete der Heiler:

»Wotan, dazu bist du viel zu schwach! Kehr hierher zurück, sobald du wieder gesund bist.«

»Nein, Ratmar, wenn Er will, werde ich heilen. Durch Ihn. Hier. Bitte lass mich. Sollte Er mich wirklich berufen haben, wird mir nichts geschehen. Und falls nicht, spielt es keine Rolle mehr, was mit mir geschieht. Mein Leben ist bereits zerstört.«

Seufzend ließ der Heiler den nach Antworten Suchenden am heiligsten Ort der Insel zurück. Dort halluzinierte Wotan lange von einem Gespräch mit dem aus der Eiche gestiegenen Gott, bevor er in tiefen, traumlosen Schlaf sank. Als Ratmar in der Morgendämmerung zurückkehrte, lag der Verletzte unter einem großen Haufen Eichenlaub, den die drei uralten Bäume während des Herbststurms der letzten Nacht über ihm ausgebreitet hatten.

Nachdem der Heiler seinen leblos wirkenden Patienten ausgegraben und untersucht hatte, empfand er große Erleichterung: Zwar war Wotan äußerst blass und schwach, doch hatte er kein Fieber mehr und schien nur ein wenig unterkühlt. Unter großen Anstrengungen trug der nicht mehr ganz junge Heiler den hochgewachsenen Mann schließlich zu seiner Hütte.

Durch das nächtliche Erlebnis schien entgegen Ratmars Erwartungen die zuvor unbezähmbare Wut von Wotan gewichen und durch eine Art Starrezustand ersetzt worden zu sein. Sobald sein Patient nämlich nach langem Schlaf wieder völlig zu Bewusstsein gekommen war, hatte er zwar die ihm angebotene Nahrung willig zu sich genommen, doch sprach er anschließend kein Wort, ja schaute den Hüter der Heiligen Stätte nicht einmal an. Stattdessen setzte er sich mit dem Rücken an die Hüttenwand und starrte unablässig ins Leere.

Nach einigen Stunden geduldigen Abwartens ließ Ratmar sich schließlich neben seinem neuen Mitbewohner nieder und streichelte vorsichtig dessen rechte Hand. Zwar leistete Wotan keinen Widerstand, reagierte aber auch sonst in keinster Weise. Da fragte der Heiler sanft:

»Wotan, was ist dir widerfahren?«

Der ehemalige Jäger zeigte auf diese Frage lediglich eine stumme Reaktion: Tränen begannen, ihm über die Wangen zu rollen. Da sagte Ratmar:

»Höre, mein Sohn. Mir kannst du alles sagen, ich werde es niemandem weitererzählen. Und damit du mir glaubst, dass du mir vertrauen kannst, werde ich dir jetzt ein Geheimnis mitteilen, das seit Jahrhunderten nur dem jeweiligen Hüter der Insel bekannt ist. Ich tue das einerseits, weil du einmal mein Nachfolger sein wirst, und andererseits, weil ich den Eindruck habe, dass deine ungewöhnlich starken Gefühle in Bezug auf diesen Ort damit zusammenhängen, dass dir möglicherweise bekannt ist oder du zumindest ahnst, was allen anderen verborgen ist.

Wie du weißt, ist unser Volk vor langer Zeit von sehr weit her aus dem Norden hierhin gewandert, weil die Götter das Überleben in der alten Heimat nahezu unmöglich gemacht hatten. Von Fischern, Jägern und Bauern haben wir uns in Krieger verwandeln müssen. Denn selbstverständlich waren die Gegenden, durch die wir auf unserer Suche nach einer neuen Bleibe gekommen sind, genauso wie die, in denen wir uns am Ende niedergelassen haben, nicht vollkommen menschenleer. Und die wenigsten der Ansässigen wollten ihr Hab und Gut mit uns teilen. Ganz im Gegenteil haben sie meist hartnäckig gekämpft.

Ihre heiligen Stätten haben sie besonders zäh verteidigt. Denn ihre Götter waren nicht die unseren. Daher haben beide Seiten die vielen bewaffneten Auseinandersetzungen auch als eine Art Kampf der verschiedenen Götter gegeneinander aufgefasst. An dem Ort, an dem wir beide uns nun befinden, haben unsere Götter über die der Kelten gesiegt. Thor hat **Taranis** in die Flucht geschlagen ...«

Tonlos unterbrach Wotan seinen Retter:

»Das ist nicht wahr. Das habe ich letzte Nacht gelernt ...«

Als sein Schützling nicht weitersprach, erkundigte Ratmar sich:

»Doch zuvor hattest auch du an einen Sieg Thors geglaubt. Sonst hättest du nicht gesagt ›Hier wohnt nicht mehr mein Gott, und ich bin nicht mehr der, der ich war‹. Von welchem Gott und welchem Mann hast du da gestern gesprochen? Wer bist du, Wotan?«

Der Angesprochene senkte den Kopf, ohne Antwort zu geben. Stattdessen weinte er nun heftig. Geduldig wartete Ratmar erneut eine Weile, bevor er eindringlich versicherte:

»Du kannst mir vertrauen, Wotan. Bitte, lass dir von mir helfen!«

»Für deine Großmütigkeit danke ich dir«, entgegnete der Verbannte daraufhin mit belegter Stimme. Sich die Tränen trocknend wandte er dem Heiler sein Gesicht zu, bevor er traurig fortfuhr:

»Doch kannst du mir nicht helfen. Niemand vermag das. Ich bin … verrückt. Seit ich blind war, sehe ich Dinge, von denen ich genau weiß, dass sie nicht da sind. Seit ich taub war, höre ich Worte, die von Phantomen gesprochen werden. Und ich sage Dinge, die ich selbst nicht verstehe … Nein, nicht ich spreche da, sondern etwas, das mit dem Blitz oder besser gesagt mit den durch ihn auf mich geschleuderten Eichensplittern in mich gefahren ist … Ich habe versucht, davor davonzulaufen, doch ist das unmöglich. Auch das habe ich gestern Nacht begriffen …«

»Dieses Etwas in dir – das kennt diese Insel, wie sie vor langer Zeit einmal gewesen ist, nicht wahr?«

»Wie kannst du das wissen?«, fragte Wotan bestürzt, worauf der Hüter der Heiligen Insel begütigend entgegnete:

»Du brauchst nicht zu erschrecken, mein Sohn. Ich kann dir nachempfinden, wie du dich gerade fühlst. Als ich das erste Mal in andere Daseinsbereiche geschaut habe, ist es mir ähnlich ergangen. Du bist nicht verrückt, sondern verfügst über eine ganz besondere Gabe. Allerdings hat es eines großen Schocks bedurft, um dir dessen bewusst zu werden. Lass mich dir helfen zu lernen, wie du mit dieser Gabe umgehst. Dazu müsstest du mir allerdings erst einmal mitteilen, als wen du dich in deiner Erfahrung der Insel zu früherer Zeit erlebst.«

Auf diese Aufforderung hin schlug Wotan die Augen nieder und sagte errötend:

»Du würdest mich dafür hassen …«

»Ach, Wotan, ich bin ein Heiler. Ich hasse niemanden und habe für vieles Verständnis. Immerhin vermag auch ich über die sichtbare Welt hinauszusehen …«

Ratmar wartete eine Weile, dass sein Schützling sich ihm öffne. Der aber schwieg weiterhin eisern. Infolgedessen ergriff der Heiler letzten Endes erneut das Wort:

»Nun gut. Da es dir offenbar an Mut fehlt, die Sache anzugehen, werde ich dir sagen, was ich von dir glaube: In der fernen Vergangenheit, die dich seit deinem Beinahetod nicht mehr ruhen lässt, bist du ein Priester des Taranis gewesen …«

»Bitte nicht weiter!«, unterbrach Wotan kreidebleich. »Es gibt Dinge, die sollten unausgesprochen bleiben.«

»Da gebe ich dir Recht. Nur denke ich nicht, dass deine Vision zu diesen Dingen gehört. Ganz im Gegenteil ist es überaus wichtig, dass du mir mitteilst, was du erlebt hast. Sonst wirst du niemals heilen.«

»Angesichts des Schadens, der durch meine Mitteilsamkeit angerichtet werden könnte, ist meine Gesundung vermutlich zweitrangig.«

»Wie kann es zweitrangig sein, dass der zukünftige Hüter der Heiligen Insel keinen Frieden mit den Göttern hat?«

»Du stellst die falsche Frage. Ich werde niemals der Hüter dieser heiligen Stätte sein!«

»Ja, gewissermaßen hast du Recht. Denn du bist es schon längst– länger als ich es jemals war.«

»Das ist nicht wahr!«

»Doch, das ist es. Und du weißt dies genau. Nur willst du nicht der sein, der du bist. Warum wehrst du dich so sehr dagegen?«

»Weil ich nicht behüten kann, was gar nicht da ist.«

»Willst du damit sagen, dass Taranis noch immer hier wohnt und der Glaube an Thors Sieg ein Irrtum ist?«

»Nein, so einfach liegen die Dinge nicht.«

»Wieso hattest du geschworen, nie wieder herzukommen?«

»Weil ich geglaubt hatte, was alle noch immer denken: dass Thor Taranis in die Flucht geschlagen hat.«

»Und seit deiner Vision bist du anderer Meinung?«

»Wie sollte es möglich sein, dass der Herrscher über den Himmel von einem anderen Gott verjagt wird? Mächtiger als ein Himmelsherrscher kann niemand sein, auch kein Gott. Existiert aber ein mächtigeres Wesen als Taranis, kann er nicht wirklich der Herrscher über den Himmel gewesen sein. War die Macht, die der in mein Bewusstsein eingedrungene Priester dieses Gottes von ihm ausgehen empfunden hat, also gar nicht des Gottes Macht, sondern nur etwas in der Einbildung seines Dieners Existierendes? Oder hat es sich vielleicht schon immer um Thors Macht gehandelt? … Doch was, wenn auch dieser bloß in unserer Vorstellung existiert? …

Möglicherweise hat die von diesem heiligen Ort ausgehende Macht ja einen ganz anderen Ursprung. Ich weiß nicht, wie ich das erklären soll … Es ist keine an einen Gott, wie wir uns die Götter vorstellen, gebundene Macht. Obwohl von göttlicher Natur handelt es sich dabei um keine Person. Dessen ungeachtet nehmen wir Menschen sie in Abhängigkeit von unserem Weltbild als diesen oder jenen Gott wahr – und glauben, der Gott freue sich über dieses oder jenes Opfer.

Was nun aber, wenn dieser Gott weder die ihm von uns zugeschriebenen Eigenschaften besitzt, noch die ihm von uns zugedachten Opfer will? Wenn er einfach nur möchte, dass wir auf die uns bestmögliche Art mit ihm in Verbindung treten? – Bitte, Ratmar, versteh doch: Wie könnte ich mit solchen Gedanken ein Priester Thors sein?«

»Aber du hast gestern Nacht mit ihm gesprochen, und er hält noch immer an dir als seinem Auserwählten fest.«

»Nein, das glaube ich nicht. Ich bin nicht von ihm erwählt. Ich musste lediglich für diesen Kelten zu den heiligen drei Eichen gehen, um das zu verstehen, was ich dir gerade zu erklären versucht habe.«

»Du trägst Thors Hammer als Wundmal auf dem Oberarm. Hast du einmal darüber nachgedacht, ob er dir damit möglicherweise sagen möchte, dass die bestmögliche Art für die Leute aus deinem Dorf, mit dem von dir soeben beschriebenen Göttlichen in Kontakt zu treten, zumindest für den Augenblick der Dienst an Thor ist?«

»Für sie ist das vermutlich tatsächlich der Fall, aber nicht für mich! Daher ist es völlig unmöglich, dass ich Thors Diener werde. Ich kann doch mein Leben nicht einer Lüge widmen!«

»Nein, lügen sollst du nicht! Aber wenn der von uns nicht erkennbare Gott, an den du nunmehr zu glauben scheinst, so großzügig ist, dass er sich von den einen als Taranis und den anderen als Thor verehren lässt, solltest du als sein Anhänger da nicht ebenso großmütig sein? Wieso glaubst du, deinen Gott offiziell nicht anders verehren zu dürfen als privat? Meinst du nicht, dass es besser ist, wenn Menschen mit ihm als Thor in Verbindung treten, als wenn sie überhaupt keinen Kontakt zu dem finden, was du ›das Göttliche‹ nennst?«

»Das Verhalten anderer bewerte ich nicht. Wieso aber sollte ausgerechnet ich der Vermittler sein?«

»Weil dein Gott es möchte. Anders vermag ich als Heiler nicht zu erklären, wieso deine vergleichsweise harmlosen Wunden dich hier auf der Insel in keinster Weise behindern, dich außerhalb jedoch sogar töten. Du bist ein tiefblickender Mensch. Sag du mir, was dieses seltsame Vorkommnis bedeuten soll – vor allem, wenn man es im Zusammenhang mit den zu deiner Verletzung geführt habenden Umständen und dem plötzlichen Einsetzen deiner Visionen betrachtet.«

Statt auf diese Frage zu antworten, starrte Wotan nachdenklich vor sich hin. Nach einer Weile geduldigen Abwartens fuhr Ratmar daher fort:

»Meinst du nicht, dass möglicherweise ein Mann gebraucht wird, bei dem weniger das Ritual im Vordergrund steht als die Substanz, mit der er es zu füllen weiß? Ein Mann, der aufgrund seiner Erfahrungen zwischen verschiedenen Welten zu vermitteln versteht?"«

Auf diese Worte hin brach Wotan ein weiteres Mal in Tränen aus. Verzweifelt stieß er hervor:

»Und wenn ich mich als unwürdig erweise? Ich bin ein einfacher Bauer, der sich zudem auf die Jagd versteht. Doch habe ich nicht die geringste Ahnung davon, wie ich die Erwartungen eines Gottes erfüllen soll!«

»Mein Sohn, erwählt dich ein Gott, hilft er dir auch, die von ihm für dich ausersehene Aufgabe zu bewältigen, meinst du nicht? Und außerdem hast du ja noch mich. Ich werde mein gesamtes bescheidenes Wissen mit dir teilen – und auch meine Hütte wie alles Übrige «, lächelte der Hüter der Heiligen Insel warmherzig.

Da trocknete Wotan abermals seine Tränen, bemühte sich um innere Ruhe, schob sich anschließend mühsam von seinem Lager, sank vor Ratmar in die Knie, umfasste dessen Knöchel, beugte den Kopf so tief, dass er fast die Erde berührte, und verkündete feierlich:

»Ich verspreche dir in deiner Funktion als Hüter der Heiligen Stätte wie als Thors Diener, dass ich mein Bestes geben werde, dir in beidem ein würdiger Nachfolger zu werden.«

Schwerwiegende Zweifel

Wotan hielt sein Versprechen. Doch hatte er trotz seines starken Willens, das neue Leben positiv anzunehmen, vor allem in der ersten Zeit mit großen Schwierigkeiten zu kämpfen. Gegen den Trieb des Körpers halfen ihm die von Ratmar gezeigten Kräuter. Doch gegen den Trieb des Herzens schien kein Kraut gewachsen: Manchmal glaubte der angehende Hüter der Heiligen Stätte vor Sehnsucht nach Frau und Kindern, aber auch nach seiner Arbeit in der außerhalb der Insel gelegenen Natur den Verstand zu verlieren, und rannte schreiend über das langgestreckte Eiland.

Die Sehnsucht seiner jüngsten Tochter nach ihrem Vater stellte sich als gleichermaßen unstillbar heraus: Obwohl ihr das selbstverständlich strengstens verboten war, erschien die Dreijährige auf der Insel, kaum dass Herbst wie Winter vergangen waren. Wotan war von diesem unerschrockenen Liebesbeweis zwar einerseits gerührt, andererseits aber noch viel mehr schockiert: Der Weg durch den Sumpf war bereits für Erwachsene lebensgefährlich! Wie leicht hätte der Kleinen etwas zustoßen können! Glücklich und erleichtert darüber, dass seinem Kind nichts geschehen war, fiel der Vater auf die Knie, umarmte die Tochter und herzte sie stürmisch, was von dem Mädchen ebenso heftig erwidert wurde.

Nach Abebben des ersten Gefühlsüberschwangs aber trennte Wotan sich von seiner Tochter und tadelte sie für ihr Fehlverhalten nun doch noch mit deutlichen Worten. Da brach die Kleine in Tränen aus und beklagte sich beim Vater wütend vor Kränkung darüber, dass er sie verlassen habe. Seit einem halben Jahr habe sie weder etwas von ihm gesehen noch gehört.

Mittlerweile war Ratmar hinzugekommen und erklärte dem verzweifelten Kind an Stelle des vor Herzeleid verstummten Vaters, dass Wotan sterben müsse, wenn er die Insel verlasse. Überdies bedeutete er dem Mädchen, dass das Betreten des Heiligen Bezirks Nicht-Geweihten nur in bestimmten Fällen gestattet sei, wozu einfache Besuche nicht zählten.

Es war der Kleinen anzusehen, dass sie dem Hüter der Heiligen Stätte nicht glaubte. Wie konnte der vollkommen gesund erscheinende Vater bei seinen Liebsten vom Tode bedroht sein? Das wollte dem Kind nicht in den Kopf. Daher nahm Wotan seine Tochter kurzerhand auf den Arm und brachte sie nach Hause.

Im Dorf wurde er mit gemischten Gefühlen empfangen. Einerseits war jeder glücklich, dass seine kleine Tochter ihr heimlich unternommenes gefährliches Abenteuer unbeschadet überstanden hatte. Andererseits fürchtete man den Zorn Thors darüber, dass der von ihm Berufene sich seinem Willen widersetzte. Der aber entblößte seinen Arm, kniete vor seiner Tochter nieder und zeigte ihr Thors Mal: Die Wunden waren trotz der langen Zeit völliger Gesundheit abermals aufgebrochen und nässten, das darunter liegende wie das sie umgebende Gewebe war angeschwollen und gerötet. Obwohl Wotan nicht klagte, war es unübersehbar, dass er am gesamten Körper Schmerzen litt, als sei er tatsächlich vergiftet worden.

Um Fassung bemüht erklärte er seinen mittlerweile sämtlich um ihn versammelten Familienmitgliedern, dass er sterben müsse, bliebe er bei ihnen. Er sei von Thor zum Dienst auf die Heilige Insel berufen worden und habe dem Gott geschworen, dieser Berufung nachzukommen. Als er seiner Frau daraufhin schweren Herzens freistellte, einen anderen Mann zu ehelichen, und um den Segen seiner Familienangehörigen bat, gaben diese ihm den weinend. Die Jüngste aber versprach aus eigenem Antrieb, den Vater nie wieder unnötig zu besuchen. Da segnete auch Wotan seine Angehörigen und verabschiedete sich von Eltern, Schwiegereltern, Frau wie Kindern. Anschließend geleitete einer seiner Brüder, der mit seiner Familie das Nachbargehöft bewohnte, den schnell schwächer Werdenden zurück zu seinem neuen Zuhause.

Von da an verließ Wotan die Insel nur noch, wenn der Zustand Kranker oder Verletzter dermaßen ernst war, dass ihr Transport zur Insel sich verbot. Zwar litt Ratmars Gehilfe auch in diesen Fällen, doch solange er dem Eiland nicht allzu lange fernblieb, erholte er sich stets rasch, sobald er zum Heiligtum zurückgekehrt war.

Wie versprochen lehrte sein Mentor ihn alles, was er wusste. An seinem ebenso gelehrigen wie geschickten Schüler hatte Ratmar dabei große Freude: Bereits nach wenigen Jahren war Wotan erfahren genug, Patienten selbständig zu behandeln. Doch während der angehende Hüter der Heiligen Stätte als Heiler schnelle Fortschritte machte, tat er sich mit seinem Dienst an Thor noch lange schwer. Glücklicherweise hatte er in Ratmar einen sehr geduldigen und äußerst aufgeschlossenen Lehrer. Mit interessierter Offenheit ließ der sich von seinem Schüler schildern, was dieser in seinen Visionen erblickte, und lernte dadurch, wie die Taranis geweihten kultischen Handlungen und das Leben zu Zeiten des Keltenpriesters ausgesehen hatten.

Eines Tages erzählte Wotan sogar, dass einige der Kultdiener des Keltengotts auf der Insel begraben lägen. Allerdings gab es an der Stelle, zu der Wotan Ratmar nach langem Zögern letztlich führte, nichts zu sehen, da die Gräber seit unermesslichen Zeiten von niemandem mehr gepflegt worden waren. Die ehemalige Begräbnisstätte lag an der äußersten westlichen Spitze des sich von Ost nach West erstreckenden Eilands – einer Gegend, die Wotan trotz seines ausgeprägten Bewegungsdrangs bisher gemieden hatte.

Als der Hüter der Heiligen Stätte den Blick sah, mit dem sein Schützling die Erde zu durchbohren schien, begriff er, weshalb jener sich bislang stets geweigert hatte, diesen Bereich der Insel zu betreten. Das wiederum ließ ihn ahnen, wieso sein Schüler solch große Schwierigkeiten mit dem Dienst an Thor hatte. Sanft fragte er den Jüngeren:

»Der Mann, der du in deinen Visionen von dieser Insel bist, liegt hier ebenfalls begraben, nicht wahr?«

Wortlos nickte Wotan, bevor er nach einiger Zeit bekannte:

»Es ist schon seltsam, sozusagen am eigenen Grab zu stehen – selbstverständlich nicht dem Wotans, aber trotzdem irgendwie dem meinigen. In meinen Visionen bin ich so sehr dieser andere Mann, dass es mir manchmal Angst macht. Was, wenn ich mich in diesem Fremden verliere und eines Tages nicht mehr mit dem Bewusstsein aufwache, in Wirklichkeit Wotan zu sein?«

»Welcher Wotan, mein Sohn? Der Bauer und Jäger, der sich mit Freuden zum Heiler macht, oder der Diener eines Gottes, vor dem er sich fürchtet?«

»Wie kommst du darauf, dass Thor mir Angst einflößen würde?«, fragte Wotan erstaunt, worauf sein Mentor einfühlsam entgegnete:

»Deine Visionen haben mit deiner für dich mehr als unangenehmen Berufung ihren Anfang genommen – Visionen von einem Priester, der aber nicht Thors Diener war, sondern der des Taranis. Dieser Vorgang ist nicht eben leicht zu begreifen. In jener Nacht, als du mir geschworen hast, mein Nachfolger zu werden, hast du versucht, dir diesen Umstand zu erklären, indem du Thor und Taranis als die Art und Weise interpretiert hast, in der das ihnen zu Grunde liegende, nicht verstehbare und daher auch nicht erklärbare Göttliche von den Menschen aufgefasst und verehrt wird.

Doch hat diese Erklärung dein Problem unverkennbar nicht gelöst. Deine Schwierigkeiten scheinen sehr tief zu wurzeln. Offenbare es mir, Wotan – worin genau bestehen sie eigentlich? Weshalb fällt es dir so ungemein schwer, dein Leben diesem von dir erkannten Göttlichen in welcher Form auch immer zu weihen? Was liegt hier noch begraben außer dem Körper eines Mannes, zu dessen Erinnerungen du auf ungewöhnliche Weise Zugang hast?«

»Sein Versagen … Sag mir, oh Hüter der Heiligen Insel, wie behütest du diesen Ort? Also ich meine nicht in Friedenszeiten wie jetzt, wenn die in der Umgebung Wohnenden wie die aus weiter Ferne Herpilgernden große Achtung vor der Heiligkeit dieser Stätte haben. Was würdest du tun, würde das Heiligtum angegriffen und geschändet?«

»Ich bin ein einzelner, unbewaffneter Mann. Im Endeffekt müsste ich es daher wohl Thor überlassen, sein Heiligtum zu verteidigen. Ich selbst würde höchstens mein Leben geben können – mehr nicht. Doch scheint mir, dass mein potenzielles Verhalten nicht das ist, was dich quält. Was hat der Mann deiner Visionen getan?«

»Er hat zu Taranis gebetet, auf dass der den Ungläubigen seine Macht zeige. Doch ist das nicht geschehen. Ohne dass der Gott sie daran gehindert hätte, haben die Eroberer höhnisch lachend sämtliche Opfer- und Votivgaben zerstört. Daraufhin hat Taranis' Priester sie verflucht. Doch hat auch das nichts geholfen. Sie haben ihn … gepfählt und seine Leiche im Anschluss daran verbrannt. In dem Grab vor uns liegt nur ein wenig Asche, die eine treue Anhängerin gerettet und viel später heimlich in einem winzigen Tongefäß begraben hat. Die restliche Asche hatte man in den Sumpf geschüttet …

Im Tode hat der Keltenpriester sich voller Verzweiflung von seinem Gott abgewandt, weil er sich von diesem im Stich gelassen gefühlt hat. Ich verstehe den Mann: Ob nun Taranis, Thor oder ein namenloses Göttliches – wie kann ein Gott solche Grausamkeit zulassen? Dieser Mann war keiner, der sich an irgendetwas oder -jemandem schuldig gemacht hätte.

Er hat im Gegenteil sein gesamtes Leben seinem Gott geweiht und zahllosen Menschen Beistand geleistet. Ist das, was er erfahren hat, die Münze, mit der Götter vergelten?«

»Du klingst bitter. Ich muss zugeben, dass ich trotz meines Wissens um die Vertreibung des keltischen Gotts und Thors Sieg niemals versucht habe, die Geschehnisse aus der Perspektive der Verlierer zu betrachten. Für mich ist bisher einfach klar gewesen, dass die keltischen Götter einen Irrglauben darstellen und der wahre Gott – Thor – gesiegt hat.«

»Ja, aber was, wenn Thor bei einem Überfall ebenso tatenlos bleiben würde?«, unterbrach Wotan Ratmar hitzig. Der gestand:

»Vermutlich bin ich ebenso arglos wie jener Kelte. Ich vermag mir einfach nicht vorzustellen, dass Thor sich wie Taranis verhalten würde – außer vielleicht, er wollte meinen Glauben wie meine Standhaftigkeit prüfen. Und in dem Fall müsste ich doch umso fester zu meinem Gott stehen, oder?«

»An die Theorie von der Prüfung hatte der Mann, dessen Erinnerungen sich meiner bemächtigt haben, ebenfalls zunächst geglaubt. Doch wie grausam kann und darf ein Gott sein? Welchen Sinn macht es, einen gläubigen Diener quälen zu lassen, bis der den Geist aufgibt und das einem selbst geweihte Heiligtum einem anderen Gott gewidmet wird? Weshalb sollte ein mächtiger Gott sich vertreiben lassen wollen?«

»Und wenn Taranis nun gar kein mächtiger Gott war, sondern bloß ein Irrglaube seiner Anhänger?«

»Und wenn *Thor* nun gar kein mächtiger Gott ist, sondern bloß ein Irrglaube seiner Anhänger?«

»Das Risiko der Ungewissheit muss ein Gläubiger wohl eingehen. Wir sind keine Götter. Daher sind wir Menschen letztendlich nicht in der Lage, zu beweisen, dass ein Gott auch wirklich so ist, wie wir ihn uns vorstellen. Doch können wir immerhin wissen, dass er existiert, weil wir sein Wirken erfahren.«

»Das ist für mich keine Antwort. Der Taranis-Priester ist schließlich nicht ohne Grund zum Diener seines Gottes geworden. Du selbst hast gesagt, dass man berufen wird. Auch er hat das gefühlt – und hat in seinem Leben das Wirken seines Gottes an sich wie anderen erfahren. Wie kann der Gott da trotzdem ein Irrglaube gewesen sein?«

»Du hast doch selbst die Antwort darauf gefunden, indem du von dem nicht beschreibbaren Göttlichen gesprochen hast, das sämtlichen Göttern eigen ist. Möglicherweise ist das, was wir erfahren, ja nicht wirklich der jeweilige Gott, sondern die dieser von uns geschaffenen Vorstellung trotz allem innewohnende göttliche Kraft.«

»Ja, so denke ich. Da hast du Recht. Allerdings ändert das nichts an der Frage, wie dieses Göttliche so grausam sein kann, die Gewalttätigkeiten, die wir Menschen uns ausdenken und in die Tat umsetzen, zu dulden! Wieso lässt es das zu? Und schreitet nicht ein? Wie soll ich einem Gott dienen, wenn ich ihm so wenig vertrauen kann? Ich, der ich bloß ein Mensch bin, würde als Vater niemals tatenlos zusehen, wenn meinen Kindern etwas Schreckliches angetan würde. Wir aber reden von einem allmächtigen Gott! Wie kann der weniger zu seinen Dienern stehen als Eltern zu ihren Nachkommen?«

»Deine Worte sind wie Dolche, die du mir ins Herz stichst. Mein Sohn, ich fürchte, ich habe auf deine Frage keine Antwort.

Stattdessen weckst du Zweifel in mir. Hat Thor dich etwa berufen, um meinen Glauben an ihn zu prüfen? Besteht darin deine eigentliche Aufgabe?«

»Verzeih mir, Ratmar, ich wollte dich nicht in einen Zwiespalt stürzen. Ich versuche bloß, Antworten zu finden, um nicht an der Welt verzweifeln zu müssen. Wenn ich schon dazu verdammt bin, mein gesamtes Dasein auf dieser zwar großen, für ein Menschenleben aber dennoch viel zu kleinen Insel zu verbringen, möchte ich wenigstens den Sinn dieser Maßnahme verstehen!

Manchmal hasse ich Thor dafür, dass er mich hier gefangen hält. Und manchmal hasse ich diesen längst toten Kelten dafür, dass er mir seine Sinnkrise aufgezwungen hat! Doch was bringt mir diese Wut? Sie löst mein Problem in keinster Weise. Vermutlich verstellt sie mir im Gegenteil bloß die klare Sicht auf die Dinge. Daher dachte ich, du könntest mir helfen. Du verfügst über eine solch ruhige, unerschütterliche Art, dein Leben anzugehen. Bitte vergib mir.«

»Aber nicht doch, Wotan. Ich verstehe dich ja. Allerdings hast du Recht mit der Vermutung, dass deine Wut dein größtes Hindernis bei deiner Suche nach Lösungen darstellt – zusammen mit deiner Verzweiflung. Daher versuche ich sogar noch in diesem Augenblick, in dem ich keine Antwort auf deine Frage weiß, nicht zu verzweifeln. Lass uns eine Weile mit den Ahnen, den Göttern und den uns umgebenden Naturgeistern sprechen, indem wir uns einfach unter Thors Eichen setzen und zuhören. Dann wird uns sicherlich Antwort werden.«

Eines Gottes Wirklichkeit

Von Ratmars unzerstörbar scheinendem Optimismus gerührt folgte Wotan dessen Rat, meditierend nach einer Lösung für die von ihm aufgeworfene Problematik zu suchen. Nach etlichen Stunden des Fastens und Schweigens rief der Hüter der Insel auf einmal:

»Wir zwei sind bisher tatsächlich blind gewesen!«

»Worauf willst du hinaus?«

»Wir haben beide nicht bedacht, was die Wirklichkeit eines Gottes ausmacht.«

»Die Wirklichkeit eines Gottes … also dessen, was ich das Göttliche nenne. Was könnte das sein?«

»Du hattest von Berufung gesprochen und erklärt, dass wir den von uns verehrten Gott unabhängig davon, wie wir ihn nennen und uns vorstellen, immer auf dieselbe Art erfahren. Doch handelt es sich dabei um ein Erleben, das den im profanen Leben gemachten Erfahrungen in nichts gleicht. Im Gegensatz zu diesen handelt es sich bei diesem Erlebnis um etwas zutiefst Innerliches …«

»Du meinst, die Wirklichkeit des Göttlichen existiere lediglich auf einer inneren Ebene?«, unterbrach Wotan seinen Lehrer an dieser Stelle. Der aber antwortete:

»Nicht ausschließlich, aber vorrangig. Wenn also jemand kommt und das äußere Heiligtum zerstört, bleibt die innere Welt davon unberührt. Bleibst du weiterhin mit deinem Gott in Kontakt, wird dein inneres Heiligtum nicht zerstört, selbst wenn dich jemand grausam zu Tode quält.

Nur, weil andere keinen Kontakt zu dem Gott finden, heißt das noch lange nicht, dass dieser nicht da wäre. Oder mit anderen Worten: Der Gott, der in diesen Eichen wohnt, ist niemals vertrieben worden. Er ist unverändert da. Ein keltischer Priester, der weder etwas von der Vergangenheit noch der Gegenwart dieser Stätte weiß, würde vermutlich unverändert Taranis in diesen Bäumen finden – während ich nun einmal Thor aus ihnen sprechen höre.

Wen oder was du siehst und hörst, hängt nicht von dem Gott ab, sondern von dir, Wotan. Solange du dich weigerst, überhaupt etwas empfinden zu wollen, weil du dich vor Enttäuschungen und der daraus resultierenden emotionalen Verletztheit fürchtest, wirst du nichts außer einer entsetzlichen Leere verspüren. Doch hat diese Empfindung ihren Ursprung nicht in irgendeinem der Götter, die hier wohnen oder auch nicht, sondern in dem kalten, dunklen Nichts, das entsteht, sobald man den Kontakt zum Göttlichen, wie du es nennst, abbricht.«

»So sind unsere Vorstellungen von einem mächtigen Gott also falsch?«, fragte Wotan verunsichert. Ratmar aber beschwichtigte:

»Nein, ganz und gar nicht! Doch darf man eben nicht den Fehler begehen, die Bilder, die wir benötigen, um das Unbeschreibbare zu beschreiben, allzu wörtlich zu nehmen und als Eigenschaften einer mit unseren Körpersinnen erfahrbaren Realität zu interpretieren. Die Macht eines Gottes erfahren wir nicht mit dem Auge, den Ohren, der Nase, den Händen oder der Zunge, sondern mit den Sinnen unseres Herzens.

Dennoch helfen uns mit den Körpersinnen gemachte Erfahrungen, den Weg zu unserem Herzen und dem dort stattfindenden Dialog mit unserem Gott zu finden. Zu diesem

Zweck benötigen wir Rituale – zumindest vorerst, bis unser Herz geschult und stark genug ist, den Weg zu den Göttern auch ohne Äußerlichkeiten zu finden.

Das verhält sich wie beim Heilen von Krankheiten: Die die Behandlung begleitenden Worte und Handlungen selbst rufen keinerlei physische Veränderung an der von uns zubereiteten Medizin hervor. Trotzdem ist der Heilungserfolg größer, vollziehen wir die entsprechenden Rituale. Denn durch sie vermögen sowohl wir als Heiler als auch der Patient Kontakt zur göttlichen heilenden Kraft herzustellen.«

»Habe ich das richtig verstanden, dass du zu dem Schluss gekommen bist, die Macht eines Gottes erstrecke sich nicht auf Profanes?«, hakte Wotan nach, woraufhin Ratmar klarstellte:

»Nein, ganz so habe ich das nicht sagen wollen. Doch bin ich mittlerweile zu der Einsicht gekommen, dass profane Vorgänge für einen Gott in den meisten Fällen keine oder lediglich eine untergeordnete Rolle spielen. Als geistige Macht hat ein Gott einen anderen Blick auf die Welt als du oder ich. Spielt eine Katze mit einer Maus, mischt der Gott sich nicht ein. Das mag der Maus grausam vorkommen. Doch lässt ein Gott der materiellen Seite der Welt weitestgehend ihren Lauf. Das gilt selbstverständlich auch für uns Menschen. Ein Gott – sei es nun Taranis oder Thor – mischt sich nicht ein wie ein Vater bei einem unmündigen Kind. Er gleicht mehr einem Vater von Erwachsenen, denen er zugesteht, ihr Leben selbständig zu gestalten, selbst wenn ihm nicht gefällt, was seine Nachkommen tun.

Von unserem persönlichen, in seiner Ichbezogenheit eingeschränkten Standpunkt aus mag dieses Verhalten grausam wirken, als seien wir die Mäuse in der Katze Spiel. Doch stellt dies eine bei der Betrachtung von sich in der materiellen Welt abspielenden Geschehnissen gemachte Bewertung dar, der ein rein menschlicher – und damit doch sehr enger – Blickwinkel zugrunde liegt. Bei einer solchen Sichtweise vernachlässigen wir die enorme Hilfe, die wir auf innerer – oder anders ausgedrückt: geistiger – Ebene zu erfahren vermögen, sobald wir uns auf die nichtmaterielle Seite der Welt konzentrieren.«

»So hat der Keltenpriester also versagt, weil er statt eines inneren Bands zu seinem Gott nur noch schlimmste Schmerzen verspürt hat?«, entfuhr es Wotan verbittert. Daher erklärte Ratmar ebenso deutlich wie besänftigend:

»Du urteilst zu hart, Wotan. Zu ertragen, was er hat erleiden müssen, ohne den Kontakt zu dieser uns innerlich tragenden Kraft zu verlieren, wäre nur möglich gewesen, hätte er nicht solch große und vor allem konkrete Erwartungen an seinen Gott gehabt. Wärst du nicht gekommen und hättest mich dazu gebracht, mich mit dieser Seite des Glaubens auseinanderzusetzen, hätte ich in derselben Lage vermutlich nicht anders gehandelt. Denn unbewusst habe auch ich bisher zu sehr auf meine Körpersinne statt auf den Sinn meines Herzens vertraut und infolgedessen ebenso konkrete Erwartungen für die materielle Welt an Thor gehegt, wie der Taranis-Priester sie sich von seinem Gott erhofft hat. Insofern möchte ich dir danken, Wotan, dass du mich gelehrt hast zu verstehen, worin die Wirklichkeit eines Gottes und unserer Beziehung zu ihm besteht.«

»Nicht ich habe dich das gelehrt, Ratmar. Du selbst hast es gefunden – und damit einen riesigen Findling aus dem Weg geräumt, der bisher schwer auf meinem Verhältnis zum Göttlichen gelastet hat. Danke, mein Freund.«

»Dank unserem Lehrer, dem Keltenpriester. Denn wenn er auch zwischenzeitlich den Kontakt zu Taranis verloren haben mag, ist doch die Verbindung zu dem, was du das Göttliche nennst, niemals vollkommen verloren gegangen. Sonst wäre er nicht mit deiner Hilfe an diesen Ort zurückgekehrt.«

»*Zurückgekehrt*? Wie meinst du das? Er ist doch seit Urzeiten tot!«

»Seltsam, dass du bei all deinen Visionen nichts von diesem Punkt zu wissen scheinst: Die Kelten glauben daran, dass sie in anderer Gestalt wiedergeboren werden können.«

»Ich verstehe nicht, was das mit mir zu tun haben soll.«

»Weil du es offenbar nicht begreifen *willst*. Der Weltsicht der Kelten zufolge spricht alles dafür, dass es sich bei dir um die **Wiedergeburt** des Taranis-Priesters handelt. Das würde erklären, weshalb du über seine Erinnerungen verfügst. In unserer Kultur hingegen erscheinen sie als ein recht schwieriges, dir von Thor gemachtes Geschenk.

Was nun auch immer stimmen sollte, ich denke, du hast die einzigartige Gelegenheit erhalten, die Geschichte dieses Mannes mit seinem Gott zu einem guten Ende zu führen, indem du seine Zweifel überwindest und zu einem neuartigen Verhältnis mit dem Göttlichen findest – und zwar dessen ungeachtet, dass es dir aktuell in der Form Thors begegnet.«

Von dieser Interpretation des Hüters der Heiligen Stätte zutiefst berührt, brach Wotan abermals in für ihn sonst eigentlich eher ungewohnte Tränen aus. Als Ratmar sich nach dem Grund dafür erkundigte, gestand sein Schützling:

»Ich habe solche Angst, dass die Geschichte sich wiederholt! Was, wenn ich in dem Fall nicht stark genug sein sollte, die Verbindung zu meinem Gott aufrechtzuerhalten? Wenn ich den Qualen erliege? Und was, wenn ich nicht der Einzige sein sollte, der gemartert wird? Was soll ich tun, falls ich zwischen Menschen wählen muss, die mir lieb sind, und dem Gott, dem ich diene?«

»Wotan, mit dem Schwur, ein Diener Thors zu werden, hast du der Welt entsagt. Du bist nicht mehr in der Weise für deine Mitmenschen verantwortlich, in der du es früher warst. Jetzt hilfst du ihnen in deiner Rolle als Mittler zum Göttlichen wie als Medium zu dessen heilender Kraft. Das sind beides keine leichten Aufgaben. Daher hast du damit genug zu tun. Alles andere liegt nicht mehr in deiner Macht.

Sollte zum Beispiel dein ältester Sohn einen Unfall erleiden, während wir hier gerade sprechen, wären dir die Hände gebunden. Ja, du hast ihn gezeugt und die ersten Jahre erzogen. Doch hast du mit deinem Schwur aufgehört, sein Vater zu sein – selbst, wenn er oder jemand anderes dies nicht verstehen sollte und dich weiterhin als Vater betrachtet. Dein Verstand weiß das, sonst hättest du deine Frau nicht freigegeben, sodass sie deinen nächstjüngeren Bruder ehelichen konnte. Lass endlich los. Die Sphäre der Götter ist jetzt deine Welt. Aus ihr beziehst du die Kraft zur Heilung.

Das gilt übrigens nicht nur in Bezug auf die Kranken und Verletzten, die man zu uns bringt oder zu denen wir gerufen werden. Es betrifft vor allem dich selbst. Deine in der profanen Welt immer wieder aufbrechenden Wunden sind ein sichtbares Zeichen dafür, dass du dort am falschen Platz bist. Hier, auf dieser Heiligen Insel befindet sich der Ort, der dir Leben spendet. Diese Örtlichkeit ist dir ein Hilfsmittel wie anderen irgendwelche Zeremonien. Nutze sie, dein Herz für deinen Gott zu schulen, und du wirst dieses Heiligtum wie den darin wohnenden Gott stets im Herzen tragen, was auch immer aus der Insel oder dir werden mag.«

Voller Dankbarkeit umarmte Wotan seinen Mentor, fiel anschließend vor ihm auf die Knie und versprach um Fassung ringend:

»Ich werde mich um die mir von dir anempfohlene Schulung meines Herzens bemühen. Das schwöre ich. Denn ich möchte ein guter Hüter der Heiligen Stätte werden. Das ist nun möglich geworden, da ich durch deine Erklärungen verstanden habe, was ich hier eigentlich behüte. Dementsprechend ersuche ich dich hiermit ehrerbietig um die Gnade, mich im Dienst an Thor zu schulen. Ich werde mein Bestes geben, ihm ein wirkungsvoller Diener zu sein.«

»Mit Freuden werde ich dich alles lehren, was ich weiß!«, entgegnete Ratmar überschwänglich, worauf Wotan sich erhob und verlegen gestand:

»Ich weiß nicht, ob das noch der Fall sein wird, wenn ich dir jetzt sage, dass es etwas gibt, das ich auf gar keinen Fall machen werde, obwohl es manchmal auch für Thor getan wird.«

»Worauf willst du hinaus?«, forschte Ratmar ebenso überrascht wie verunsichert, woraufhin sein Schüler mutig kundtat:

»Von dem Keltenpriester habe ich unlängst behauptet, er habe sich nichts zu Schulden kommen lassen. Von seinem Standpunkt und dem aus betrachtet, was seine Gesellschaft damals für üblich und richtig gehalten hat, ist das auch so. Trotzdem hat er einen schlimmen, nicht wiedergutzumachenden Fehler begangen: Zu Taranis' Ehren hat er … rituelle Tötungen vorgenommen. Durch unser Gespräch habe ich verstanden, dass die Grausamkeit, die er von seinem Gott zu erfahren geglaubt hat, in Wirklichkeit seine Strafe für die von ihm im Namen des Gottes begangenen Gräuel gewesen ist.

In jener Nacht, als ich für ihn mit Taranis und Thor gesprochen habe, um zu verstehen, weshalb ich auf diese Insel gezwungen wurde, hat mir das Göttliche, das ich da gefunden habe, deutlich zu verstehen gegeben, dass es grundsätzlich nicht will, dass Menschen sich gegenseitig töten. Selbst als gutgemeintes Opfer hat es keinen Gefallen daran. Daher werde ich mich bei allen Bemühungen, Thor ein guter Diener zu sein, niemals dazu bringen lassen, ihm ein Menschenopfer darzubringen.«

»Aber Wotan, das wirst du bei den Gläubigen niemals durchsetzen können!«

»Ich *muss*, Ratmar! Thor selbst will es so.«

»Mein Sohn, ich glaube dir, dass du in jener Nacht diesen Willen zu vernehmen gemeint hast. Doch wie willst du das Thors Anhängern beweisen?«

»Thor hat mich mit seinem Zeichen versehen. Nur als seinen Diener lässt er mich leben. Ist das nicht Beweis genug?«

»Das weiß ich nicht«, gestand Ratmar ehrlich, bevor er fortfuhr: »Du wirst es schwer haben. Auf das höchste Opfer verzichten zu wollen, stellt eine heikle Absicht dar. Obwohl ich dir Glauben schenke, fällt es selbst mir nicht leicht, diesen Gedanken zu akzeptieren. Immerhin könntest du dich geirrt haben.

Daher solltest du Thor um Hilfe bitten. Denn wenn du ihn wirklich nicht irgendwie missverstanden hast, sondern das allen Ernstes sein Wille ist, sollte er dir den besser etwas ausführlicher erklären, damit du uns, denen er diesen Willen bisher nicht kundgetan hat, seine Absichten besser zu erläutern vermagst.«

»So lass mich jetzt bitte mit Thor sprechen.«

Gerne gewährte Ratmar Wotan diesen Wunsch. Der legte sich daraufhin bäuchlings vor die drei Eichen und versprach Thor, dessen Willen zu tun. Er werde das Menschenopfer abschaffen und sich als Hüter der Heiligen Stätte in den Dienst des Gottes stellen, damit die Menschen durch ihn einen Mittler zwischen ihrer äußeren und der vom Göttlichen erfüllten inneren Wirklichkeit hätten. Da kam unversehens ein Gewitter auf, und unmittelbar vor Wotan schlug ein Blitz ein, der ihn Verbrennungen an den Unterarmen erleiden und abermals für einige Tage sein Gesicht und durch den nahezu gleichzeitig ertönenden Donner auch das Gehör verlieren ließ. Während diese Beeinträchtigung dafür sorgte, dass die äußere Welt für den neuen Thor-Priester erst einmal in Dunkelheit versank, sah er dafür die von ihm neu entdeckte innere Welt umso klarer.

Ragnarök

Sowohl Ratmar als auch Wotan deuteten den Umstand, dass der angehende Hüter der Heiligen Stätte abermals durch ein Gewitter verletzt worden war, als ein Segenszeichen, mit dem Thor seinen neuen Diener angenommen und dessen Verlautbarungen zum Menschenopfer bekräftigt hatte. Aufgrund dieser neuen Überzeugung übernahm Ratmar es, den Dorfbewohnern zu erklären, der Gott wolle in Zukunft keine rituellen Tötungen von Menschen mehr.

Von dieser Eröffnung waren diese wie erwartet zutiefst verunsichert. Als Ratmar ihnen jedoch die neuen durch Blitz und Donner verursachten Verletzungen seines Helfers vorführte, verfehlte der bemitleidenswerte Anblick Wotans seine Wirkung gegen aufkommen wollende Zweifel nicht. Ratmars Unterstützung allein hätte zu einer allgemeinen Akzeptanz von Thors neuem Willen nicht ausgereicht. Doch die Tatsache, dass sein neuer Diener abermals von dem Gott gezeichnet worden war, überzeugte die Gläubigen ebenso, wie es bei Ratmar der Fall gewesen war.

In den darauffolgenden Jahren machte Wotan sich mithilfe seines Lehrers zu einem würdigen Nachfolger in dessen Amt. Zwar war das einsame Leben auf der Insel kein leichtes, doch unterstützten die Dorfbewohner die zwei Diener Thors nach allen Kräften. Immerhin standen die ihnen Tag und Nacht als Mittelsmänner zu dem Gott wie auch als Heiler zur Verfügung. Neben Lebensmitteln spendeten die Dörfler daher auch immer wieder Sachgüter wie Kleidung oder Werkzeug. Denn obwohl die beiden Inselbewohner einige Hühner sowie Schafe hielten und neben den Früchten ihres kleinen Gartens eifrig alles von der Natur zur Verfügung gestellte Essbare sammelten, waren sie zu ihrem Überleben doch auf Hilfe angewiesen.

Einige Jahre nach Wotans erneuter Zeichnung durch Thor brach Ratmar sich die Hüfte, als er im Spätherbst bei der Heilmittelernte von einem Baum fiel. Trotz Wotans Bemühungen um seinen Freund bekam der Bettlägerige bei den ersten Nachtfrösten eine Lungenentzündung, von der er sich ungeachtet seiner Zähigkeit und der guten Pflege nicht erholte. Kurz vor der Wintersonnenwende war er daher so entkräftet, dass er verstarb.

Von da an war Wotan der alleinige Hüter der Heiligen Stätte. Seine Angehörigen, die er immer wieder einmal bei Thor gewidmeten Festlichkeiten, anlässlich von Spendenbesuchen oder in seiner Funktion als Heiler traf, waren mittlerweile trotz der schmerzlichen Trennung ungemein stolz auf ihn. Denn neben seiner Tätigkeit als Thors Diener hatte er sich über die Jahre auch einen ausgezeichneten Ruf als Heiler erworben. Die Leute hatten sich daran gewöhnt, dass er die Insel nur in absoluten Notfällen und selbst dann nur für kurze Zeit verließ. Immerhin wussten sie, dass diese Einschränkung nicht eine Laune des Heilers darstellte, sondern dem auch für seinen Diener oft schmerzhaftem Willen Thors geschuldet war.

So gingen die Jahre ins Land und Wotans ehedem rötlich schimmernder blonder Vollbart wurde immer heller, während sich in sein Haupthaar die ersten silbrigen Fäden einschlichen. Als seine jüngste Tochter, die mittlerweile selbst schon längst

Mutter war, ihn bei der Übergabe einer Spende eines Tages damit aufzog, dass seine Haare insgesamt allmählich die Farbe verlören, dachte er zum ersten Mal an seine Nachfolge.

Der von ihm auszubildende nächste Hüter der Insel würde vieles zu lernen haben. Daher durfte Wotan nicht zu lange damit warten, jemanden sowohl in die Kunst des Heilens als auch in die des Dienstes an Thor einzuweihen. Doch wie sollte er bei seinen stets so kurz wie möglich gestalteten Stippvisiten zu den Hügeln, in denen das Dorf lag, einen geeigneten Kandidaten finden?

Das Schicksal befreite ihn davon, eine Lösung für dieses Problem finden zu müssen: Eine schwere Durchfallepidemie, gegen die keins der ihm bekannten Heilmittel helfen wollte, breitete sich rasend schnell im Dorf aus. Alte und Kinder starben zuerst. Bei den Dörflern machte sich Verzweiflung breit, zumal der Heiler trotz der drängenden Lage immer nur tagsüber im Einsatz war, da er sich des Nachts zur Herstellung neuer Medizin, dem Dialog mit Thor wie zur eigenen Regeneration auf seine Insel zurückzog. Durch die langen Aufenthalte im Dorf wurde er allerdings ungeachtet seiner regelmäßig unternommenen Selbstheilungsbehandlungen zusehends schwächer.

Als immer mehr Dorfbewohner starben, wandelte sich die Verzweiflung der noch Lebenden in Wut. Plötzlich wurde die Richtigkeit der Entscheidung, auf Menschenopfer zu verzichten, infrage gestellt. War es nicht offensichtlich, dass Thor seinem Diener bei der Heilung die Hilfe versagte? Das konnte doch nur daran liegen, dass Wotan bezüglich des Menschenopfers etwas falsch verstanden hatte!

Infolge dieser Überlegungen nahmen einige der bislang von der Seuche verschont gebliebenen männlichen Dorfbewohner sämtliche der Krankheit noch nicht erlegenen Nachkommen Wotans unter Androhung von Waffengewalt als Geiseln und machten sich mit ihnen auf den Weg zur Heiligen Insel. Die dieser Handlung zugrunde liegende Absicht bestand darin, den Gott milde zu stimmen und so die Seuche abzuwenden. An der heiligen Stätte angekommen verlangten sie daher von deren Hüter, dass er Thor zur Wiedergutmachung seines Fehlers sein eigen Fleisch und Blut opfere. Nur so seien die restlichen Dorfbewohner zu retten.

Wotan aber weigerte sich. Dies tat er nicht nur, weil er seine Nachkommen liebte. Auch andere hätte er nicht geopfert, da er sicher wusste, keinen Fehler begangen zu haben. Hätte Thor das ihm in jener fernen Nacht übermittelte Wort revidiert und wirklich ein Menschenopfer gefordert, hätte Wotan sich umgehend unter die drei Eichen gestellt und dem Gott sein eigenes Leben dargebracht.

Die Männer glaubten ihm jedoch nicht. Erzürnt von seiner Unnachgiebigkeit fesselten sie den sich mit Händen und Füßen Wehrenden an die mittlere der Eichen und zwangen ihn zuzusehen, wie sämtliche der sichtlich auf ein Wunder hoffenden Geiseln getötet wurden. Bitter erinnerte Wotan sich an das Gespräch mit Ratmar, in dem er seinem Lehrmeister verkündet hatte, er als Vater würde niemals untätig zusehen, falls seinen Kindern etwas angetan würde. Doch hatte es auch einen anderen Diskurs mit Ratmar gegeben, in dem sein väterlicher

Freund ihn darauf hingewiesen hatte, dass das Schicksal seiner Angehörigen seit dem Thor geleisteten Schwur nicht mehr in seinen Händen lag.

Trotz dieses Wissens schlug in Wotans Brust noch immer ein liebendes Vaterherz, das ob seiner Ohnmacht gegenüber dem entsetzlichen Schicksal seiner Nächsten zu zerreißen drohte. Daher bat er seine Kinder und Kindeskinder mit erstickter Stimme um Verzeihung, noch bevor der erste von ihnen erstochen wurde. Auf diese Bitte entgegnete seine jüngste Tochter:

»Vater, du bedarfst unserer Verzeihung nicht. Wir wissen, dass Thor durch dich spricht. Und die meisten von uns sind ohnehin bereits von der schwarzen Macht dieser Seuche erfasst worden. Insofern wäre unser Tod auch sonst nur eine Frage der Zeit. Lass uns daher freudig unser Leben für die opfern, die das jetzt benötigen. Auch für sie ist es schwer, sind wir doch sämtlich miteinander verwandt. Wir lieben dich, Vater. Bete für uns.«

Unfähig, darauf zu antworten, nickte Wotan nur und machte sich daran, die Bitte seines Kinds zu erfüllen. Unablässig betete er zu Thor: für seine Nachkommenschaft, aber auch darum, nicht wie der Keltenpriester den Kontakt zum Göttlichen zu verlieren. Was auch immer noch geschehen mochte, er wollte der Hüter der Heiligen Stätte bleiben.

Nach der Tötung sämtlicher Geiseln, der Wotan aufgrund seiner davon hervorgerufenen Unfähigkeit zu weinen, äußerlich vollkommen reglos zugesehen hatte, schickten die Männer einen aus ihren Reihen zurück ins Dorf, um zu erkunden, ob Thor das Opfer angenommen und die Ausbreitung der Seuche gestoppt hätte. Wie von Wotan erwartet war dies nicht der Fall. Ganz im Gegenteil gab es noch mehr Tote. Als der Bote diese Nachricht überbrachte, war das Schicksal von Thors Diener besiegelt.

Während der Abwesenheit des Boten hatten die übrigen Männer die Leichen der von ihnen Getöteten mit einer großen Menge rasch zusammengesammelten heiligen Holzes in der Nähe der drei Eichen zu einem Haufen aufgeschichtet, statt die sterblichen Überreste in Weidenkörbe zu legen, wie es eigentlich Brauch war. Angesichts der neuen Schreckensnachricht verlangten sie nun von Wotan, zur Entzündung des Scheiterhaufens passende liturgische Worte zu sprechen.

Doch war mit dem Tod der Seinen auch etwas in dem Thor-Priester gestorben. Obwohl er aufgrund der Erklärung seiner Tochter an und für sich bereit war, den verzweifelten Mördern, die ja gleichfalls seine Verwandten waren, den von ihnen verlangten Gefallen zu tun, war er vor Trauer und Verzweiflung nicht in der Lage zu sprechen. Nicht einmal im Geiste fiel ihm ein, was er als Priester jetzt zu sagen hätte. Und so stieß er bloß hilflos ein einziges Wort hervor, das jedoch klang, als habe man auch ihm gerade den Todesstoß versetzt:

»Thor!«

Da entzündeten die Männer den Scheiterhaufen, sprachen selbst, was sie für nützlich hielten, und lösten anschließend Wotans Fesseln. Sie zerrten ihn ans Ufer, zwangen ihn in die Knie und tauchten seinen Kopf in den Schlamm. Ein Opfer zu ersticken, bevor man es verbrannte, stellte neben dem Erstechen eine übliche Hinrichtungsart zur rituellen Tötung von Menschen dar. Dies wohl wissend wehrte Wotan sich trotz seiner Todesangst nicht, sondern betete ununterbrochen zu seinem Gott.

Allerdings wollten die Mitglieder seiner Sippe ihn noch nicht töten. Um ihn doch noch gefügig zu machen, nahmen sie an ihrem Heiler stattdessen mehrere Scheinertränkungen vor, die sie jeweils im letzten Moment abbrachen. Vergeblich: Unter Schock stehend war Wotan nicht fähig, überhaupt noch irgendetwas zu sagen. Ihm klapperten lediglich laut die Zähne. Dies änderte sich auch nicht dadurch, dass man ihn nach der jeweiligen Aufforderung, endlich seiner Pflicht nachzukommen, heftig ins Gesicht schlug.

Sobald die Männer einsahen, dass von diesem Heiler nichts mehr zu erwarten war, schlugen und traten sie ihn vor Wut und Enttäuschung darüber, dass er sie, wie sie glaubten, aus Sturheit untätig ihrem Schicksal überließ. Sie reagierten ihre Verzweiflung so lange an ihm ab, bis er völlig reglos am Boden lag. Bevor er das Bewusstsein verlor, unterzog Wotan die davongetragenen Blessuren einer fachmännischen Betrachtung. Als ihm dabei klar wurde, dass er neben anderen Verletzungen der inneren Organe einen Milzriss erlitten hatte, wusste er sicher, dass er nicht mit dem Leben davonkommen würde.

Dieser Gedanke löste große Traurigkeit bei ihm aus. Als am niederdrückendsten empfand er, dass es seine eigene Verwandtschaft gewesen war, die das Heiligtum geschändet hatte, indem es die Seinigen ermordet und ihn derartig zugerichtet hatte. Von Feinden und Ungläubigen wäre ein solcher Gewaltexzess leichter zu ertragen gewesen.

Mittlerweile stiegen die Flammen des Scheiterhaufens hoch in den Himmel. Mit etwas Wasser, das man dem Verletzten aus einem ledernen Trinkschlauch über das Gesicht goss, wurde er kurz zurück in die Welt der Lebenden geholt, um ihn gewaltsam auf die Beine zu zerren und ihm das lodernde Feuer zu zeigen. Anschließend wurde er unter lauten Rufen an Thor, die dem Gott ein besonderes Opfer ankündigten, vom festen Grund der Insel in den Morast des Sumpfs gestoßen.

Langsam versinkend sah Wotan noch, wie Thor daraufhin seine Stimme erhob: Plötzlich kam eine starke Brise auf und blies Funken des Leichenfeuers in die drei uralten Eichen. Binnen weniger Sekunden gingen diese in helllodernde Flammen auf. Daraufhin erhob sich ein allgemeines Wehgeschrei. Zu dem Zeitpunkt stand der Schlick Wotan bereits bis zum Kinn. In Kürze würde er versinken und jämmerlich im Schlamm ersticken.

»**Ragnarök**«, dachte er traurig, zugleich aber auch hoffnungsvoll. Immerhin hieß es in der Weissagung vom Weltuntergang und dem Tod der Götter, dass anschließend eine neue Welt mit neuen Göttern entstehen würde. Dort wollte er abermals der Hüter dieser Heiligen Stätte sein. Bei dem Gedanken drang Schlamm in seine Nase, noch bevor sein heftig schmerzender Körper vollständig versunken war. Er musste husten, rang krampfhaft nach Luft und atmete doch nur Schlamm.

Eine unerträgliche Panik erfasste den krampfhaft nach Sauerstoff Ringenden: sein Herz raste, das Blut stieg ihm zu Kopf und ließ ihn schwindeln. Gleichzeitig brach ihm trotz der Kühle des Morasts der Schweiß aus, während seine Nerven in ein Dauerzucken verfielen, das sein Herz noch an Geschwindigkeit übertraf. Da verlöschte urplötzlich der Schein der Feuersbrunst, der die vom Schlick erzeugte Nacht für Wotan bisher noch erhellt hatte, und für quälend lange Momente fühlte er mit jedem unfreiwillig, aber durch den nicht enden wollenden Hustenanfall unwillkürlich doch gemachten Atemzug feuchte Finsternis in sich eindringen, die ihn mittlerweile auch äußerlich vollkommen umschloss. Fluten unsäglicher Trauer, Verzweiflung und Hilflosigkeit schienen von diesem Schlamm in sein Innerstes gespült zu werden.

»Thor«, rief er infolgedessen flehend in Gedanken. Da glaubte er, in der Finsternis des Moors eine helle Lichtgestalt zu erblicken, die schnell auf ihn zukam und dabei immer größer wurde. Als das Licht ihn berührte, hörte sein Herz endlich auf zu schlagen, die Panik legte sich und er gelangte in **eine andere Finsternis**.

Dort fühlte Wotan sich leicht, klar, ruhig und erlöst, obwohl das Licht hier verschwunden zu sein schien und er keinen Weg sah. Sobald er sich nach einiger Zeit an sein Gelübde erinnerte, bemühte er sich mit aller Kraft, den aufgrund seines schweren Sterbens momentan vernachlässigten Kontakt zum Göttlichen zu stärken. Hatte er dieses nicht soeben als Licht in der Finsternis des Todes erblickt?

*Der Hüter
der Heiligen Stätte*

Bei diesem Gedanken wurde es mit einem Mal dermaßen hell, dass der Verstorbene sich geradezu geblendet fühlte: Er war zurück auf seiner Insel. Allerdings erkannte er diese zunächst nicht wieder. Das war nicht weiter verwunderlich, hatte es ihn doch in eine kahle Einöde verschlagen, in der kein Baum, kein Strauch, ja nicht einmal ein Grashalm wuchs. Stattdessen bot sich seinem Auge ein erschreckender Anblick, den er mit seiner bislang unbewusst gehegten Vorstellung von einer neuen Welt nicht in Einklang zu bringen vermochte: Die gesamte, von gleißender Sommersonne beschienene Insel war ohne jegliches Leben und zentimeterhoch mit Asche bedeckt.

Als er sich bestürzt fragte, wie er hier überleben sollte, kam ihm plötzlich die tröstende Idee, dass das von ihm Erlebte, als Realität Betrachtete möglicherweise lediglich ein Traum oder eine Vision sei, auf dass er daraus etwas lerne. Weder waren seine Nächsten ermordet worden, noch befand er sich wirklich in dieser Wüste. In Kürze würde er aufwachen und versuchen, die Durchfallerkrankung statt mit Eichenrindensud mit Asche vom heiligen Holz zu heilen.

Doch wachte er nicht auf. Nachdem er lange geduldig darauf gewartet hatte und schließlich einsah, dass dies wohl doch kein Traum, sondern tatsächlich die Welt nach seinem persönlichen Ragnarök war, machte er sich auf den Weg zum Dorf, um dort die sicherlich noch immer benötigte Hilfe zu leisten.

In der kleinen Siedlung kämpften die wenigen verbliebenen Kranken wie erwartet weiterhin ums Überleben – diejenigen verfluchend, die den Heiler ermordet und das Heiligtum zerstört hatten. Da bot der Ermordete ihnen in Verkennung der eigenen

Lage seine Dienste an. Doch vermochten die Menschen ihn offenbar weder zu sehen noch zu hören. Als er in einen am Bett eines Kranken stehenden Krug mit klarem Wasser schaute und kein Spiegelbild erblickte, erkannte er, dass er keinen Körper hatte und daher nun wohl ein Geist sein musste.

Betroffen zog er sich auf die zerstörte Insel zurück und ließ seinen Gefühlen freien Lauf: Er beweinte den grausamen Tod seiner Liebsten, die entsetzliche Verirrung der Mörder, seine Hilflosigkeit, sein unerträgliches Sterben, seine gegenwärtige Enttäuschung über die Welt, wie sie sich für ihn nach Ragnarök darstellte, sowie den nunmehr definitiv unabwendbaren Tod des Großteils der restlichen Dorfbevölkerung, aber auch das Schicksal sämtlicher in den Jahrhunderten vor ihm den Opfertod im Moor Gestorbenen.

In der Wahrnehmung des **Geists** schien sein Weinen nicht übermäßig lange anzudauern. Die Menschen hingegen empfanden das vollkommen anders: Über Generationen waren die Bewohner der in der Nähe der Heiligen Insel gelegenen Landstriche davon überzeugt, das Eiland sei durch die von Thor missbilligten Verwandtenmorde verflucht und die Götter hätten daher zur Mahnung den **Fenriswolf** auf der Insel angekettet. Diese Vorstellung war der Tatsache geschuldet, dass man Tag und Nacht ein schauriges Heulen hörte, wie man es von keinem der einheimischen Tiere kannte, das entfernt aber an die Klage eines einsamen Wolfs erinnerte.

Irgendwann verstummten die unheimlichen Geräusche allerdings: Der Geist hatte sich beruhigt. Die heilende Erinnerung an das rettende Licht, das ihm im Sterben erschienen war, sobald er nach seinem Gott gerufen hatte, war mit der Zeit stärker geworden als die von ihm durchlebten Schrecken. Dies rief ihm sein Versprechen ins Gedächtnis zurück, auch in der nach dem Untergang der alten Welt entstandenen Daseinssphäre, die ihre äußere Erscheinung mittlerweile längst in neues Grün gekleidet hatte, der Hüter der Heiligen Stätte sein zu wollen.

Da es Thors Insel in ihrer ehemaligen Form ebenso wenig mehr gab wie Wotan, musste er als Geistwesen nun wohl die bloße Erinnerung an die einstige Heilige Stätte bewahren. Doch obwohl er wusste, dass diese den Menschen mittlerweile als Ort der Verdammnis galt, tröstete er sich damit, dass das, was er zu seinen Lebzeiten als Wotan gehütet hatte, ohnehin nicht die materielle Seite der Heiligen Insel gewesen war, sondern deren Funktion als Brücke in die Welt der Götter. Diese Brücke würde er aufrechterhalten.

Damit verfolgte er zwei Ziele: denen zu helfen, einen Weg zum Heil zu finden, die hier wie er selbst grausam ermordet worden waren, anders als er jedoch keinen Frieden gefunden hatten und nun als Moorgeister um die Insel herum irrlichterten, und andererseits zukünftig für solche Menschen da zu sein, deren Sehnsucht nach vom Göttlichen durchdrungenen geistigen Sphären stärker war als ihre Ängste und Vorurteile, sodass sie die ihnen zur Verfügung gestellte Brücke zu überschreiten wissen würden.

Bis es so weit war, widmete er sich der liebenden Betrachtung der Welt und stellte dabei fest, dass Ragnarök eigentlich ständig stattfindet: Jeden Tag geht für irgendein Wesen die ihm bekannte Daseinssphäre samt der damit verbundenen Hoffnungen unter. Doch entsteht dafür auch jeweils eine neue Welt für ein mit neuen Einsichten wie Einstellungen gesegnetes neues Wesen. Diese Entdeckung gab dem aus dem Sumpf geborenen Geist viel Trost und Hoffnung.

Eine Übung in Langmut

Glücklicherweise befähigten die von der Wiedergeburt Wotans gefundenen Einsichten dieses Geistwesen zu außerordentlicher Geduld: Mehr als zweitausend Jahre vergingen, bevor sich seine für die Zukunft gehegte Hoffnung erfüllte. In dieser langen Zeit gelang es ihm, sich zur Personifikation all der ehemaligen Einzelgeister der auf und um die Insel gelitten Habenden zu machen und jenen auf diese Weise zu Frieden zu verhelfen. Währenddessen wurde das Moor an immer mehr Stellen trockengelegt, bis es schließlich ganz verschwand und es infolgedessen auch keine Insel mehr gab. Buchenwälder ersetzten Eichenhaine, und bald prägten Felder, Weiden wie vereinzelte Häuser die Landschaft. Man begann, Torf zu stechen. Ein Gutshof, ein Frauenstift, eine Kirche, ja sogar eine Wasserburg wurden errichtet. Mit der Zeit wuchs um die bedeutendsten Gebäude ein immer größer werdender Ort, den man schließlich **Gerresheim** nannte. Das Gelände von Thors einstiger Insel dagegen blieb noch lange landwirtschaftliche Nutzfläche, bis die auf den Eisenbahnanschluss folgende allmähliche Ansiedlung von Industrieanlagen dies änderte.

Unterdessen bewahrte der Geist die Erinnerung an die Vergangenheit und versuchte immer wieder aufs Neue, die zu der mittlerweile unsichtbar gewordenen Heiligen Stätte kommenden Menschen zu erreichen. Doch nahm ihn niemand wahr. Obwohl das Geistwesen dies als ungemein frustrierend empfand, blieb es den Menschen wie dem Göttlichen gleichermaßen treu. Während immer mehr Häuser und Straßen entstanden, tröstete es sich damit, dass die Menschen sich von einer mächtigen Blutbuche angezogen fühlten, die nun bereits seit Generationen auf einer Wiese stand, die in ferner Vergangenheit einmal der von den drei Thor-Eichen beschattete Hain gewesen war. Fanden die Menschen auch keinen Weg zu dem Geist, schienen sie immerhin dem Göttlichen, wie es durch Bäume erfahrbar gemacht wird, nahe zu sein.

Eines Tages jedoch unternahm man am ehemaligen Heiligen Hain auf einmal großangelegte Erdarbeiten, um ihn mit zwei Häusern zu bebauen, und umfriedete das neue Grundstück anschließend mit einer hohen Mauer. Von der ehemals unbezwingbar erscheinenden Natur war neben einer Schrebergartenanlage nunmehr lediglich ein winziger Vorgarten geblieben. Der diesen überschattende, mittlerweile mehrere Jahrhunderte alte Baum aber wirkte durch die Erdaufschüttungen nicht nur wie abgesenkt, er war auch isoliert worden: Da er nun ausschließlich den jeweiligen Bewohnern der unteren Etage des Doppelhauses zugänglich war, konnten andere mit ihm nur noch durch einen Blick über die Mauer in Verbindung treten.

Wenige Jahrzehnte später sollte es noch schlimmer kommen: Ein kräftiger, schwarzer Sturm brauste ungestüm über das Land und fällte den einst mächtigen Baumriesen innerhalb von

Sekundenbruchteilen, als knicke er ein Streichholz. Der Sumpf-
wassergeist war verzweifelt. Noch immer hütete er die Brücke
zu einer rein geistigen Welt, in welcher der Mensch die Gelegenheit gehabt hätte, sich in der Auseinandersetzung mit dem
dort erfahrbaren Göttlichen selbst eingehender kennenzu-
lernen und die geistige Dimension des Universums besser
zu verstehen. Doch schien es niemandem zu gelingen, den über
diese Brücke führenden Pfad zu finden – bis das Geistwesen
eines Tages auf einen Menschen stieß, der um die Zeit der
Wintersonnenwende einer in seinem Wohn- und Arbeits-
zimmer aufgestellten, festlich geschmückten Tanne meditierend
beim Sterben beizustehen versuchte. Dieses Verhalten machte
es dem **Sumpfgeist** leicht, seine Hemmung zu überwinden,
in die Behausung derjenigen einzudringen, die mittlerweile
auf dem Grundstück des einstigen Heiligen Hains wohnten.
Dies tat er jede Nacht, wenn die arme Tanne ganz allein war,
um ihr tröstend Gesellschaft zu leisten.

Epilog: Fenris

Der Geist kam stets in der Weihnachtszeit. Doch handelte es
sich bei ihm nicht um einen **Geist der Weihnacht** wie etwa
denjenigen in **Dickens' berühmter Erzählung**, das spürte ich
sogleich. In Anbetracht seiner ungemein starken Präsenz schien
er mir uralt zu sein – noch viel älter als das Weihnachtsfest.
Vermutlich bewies er gerade deshalb eine dermaßen große
Geduld. Denn ohne dass mir dies klar gewesen wäre, wartete
er darauf, sich mir mitzuteilen. Mir aber machte es Jahr für
Jahr Angst, ihn nachts im Wohnzimmer unserer Miets-
wohnung bei der sterbenden Tanne zu spüren, die uns als

Weihnachtsbaum diente und mit der ich zum Dank dafür, dass sie ihr Leben für unser Wohlbefinden in der dunkelsten Zeit des Jahres gab, jeden Abend gemeinsam meditierte, auf dass sie einen guten Übergang in ein gesegnetes neues Dasein haben würde.

Sobald die Tanne gestorben war, entsorgte ich ihre sterblichen Überreste. Daraufhin stellte der Geist regelmäßig seine Besuche ein – bis zum nächsten Jahr. Dass er, wie ich glaubte, vom Tod angezogen wurde, nährte meine Furcht – bis ich eines Tages begriff, dass ich ihn möglicherweise vollkommen falsch beurteilte. War es nicht denkbar, dass er Ähnliches versuchte wie ich, indem er dem nachts einsam vor sich hin sterbenden Baum auf seinem schwierigen Weg Gesellschaft leistete?

Kaum hatte ich diesen Gedanken gefasst, spürte ich eines Abends, wie der für das physische Auge unsichtbare Geist in meiner Schlafzimmertür stand und mich betrachtete. Abermals standen mir die Haare zu Berge. Doch geschah nichts Schlimmes. Ganz im Gegenteil zog der Geist sich taktvoll zurück. Da schämte ich mich: Hätte mir dieses Wesen etwas Böses antun wollen, hätte es dies bereits vor vielen Jahren in die Tat umsetzen können. Doch hatte es stets nur die Tanne besucht und war erst zu mir gekommen, als ich meine Meinung über das vermeintlich todbringende Schreckgespenst geändert hatte.

Infolge dieser Einsicht beschloss ich, all meinen Mut zusammenzunehmen. War es nicht möglich, dass dieses Wesen den Kontakt zu mir suchte, weil es einerseits spürte, dass ich es wahrzunehmen vermochte, und es andererseits über Jahre

Zeuge davon geworden war, dass mich das für einen Weihnachtsbaum meist unvermeidliche Sterben nicht so unberührt ließ wie meine Nachbarn, von denen manche ihren Baum schon kurz nach dem zweiten Feiertag auf die Straße warfen?

Sobald ich den Geist das nächste Mal an der Schwelle zum Schlafzimmer stehen fühlte, fragte ich ihn daher freundlich, was ich für ihn tun könne. Da »erzählte« er mir seine Geschichte – allerdings nicht mit Worten, sondern durch rein geistige Übermittlung, die ich erlebte wie einen vor meinem inneren Auge ablaufenden Film. Insofern glich dieses Geschehen einem Wachtraum, einer Vision oder aber auch einer Erinnerung. Anders als insbesondere bei Letzterer fehlte bei mir dabei allerdings die Ich-Identifikation mit dem Akteur des Geschehens, wie ich sie aus Träumen über meine Vorexistenzen kenne. Der Held blieb für mich – ob nun als Wotan oder Geistwesen – stets jener andere.

Nach dem Ende der »Filmübertragung« war mir sehr daran gelegen, Freundschaft mit diesem wunderbar weisen, unendliches Mitgefühl offenbarenden Wesen zu schließen. Weil mir als Mensch Kommunikation aber leichter fällt, wenn ich mir meinen Gesprächspartner unabhängig von dessen tatsächlichem Sein als Person vorstelle, fragte ich den Geist, ob ich ihn **Fenris** nennen dürfe, da mir dieser Name ausnehmend gut gefiel. Dem stimmte der Hüter der Heiligen Stätte zu – jedoch nur unter der Bedingung, dass ich die Anrede in ihrer Bedeutung als »Der dem Sumpf Entstammende« benutzte, ihn also nicht mit dem namensgleichen Wolf der Sage verwechselte, mit dem er nichts gemein habe, obwohl die Menschen, die ihn in ferner Vergangenheit hatten weinen hören, ihn aufgrund der dabei gemachten Geräusche für diesen gehalten hätten.

Während der Zeit, in der ich versuchte, die mir übermittelte Erzählung niederzuschreiben, sah ich die mir bekannte Umgebung meiner Wohnstätte mit neuen Augen. Das stellte bereits allein aus dem Grunde ein schönes Erlebnis dar, dass ich dabei spürte, wie sehr Fenris sich darüber freute. Da es in der näheren Umgebung aber keine Eichen mehr gab und ich diesem liebevollen Wesen aus Dankbarkeit für sein Vertrauen, seine schier unerschöpfliche Geduld und die treue Erfüllung seiner Aufgabe als Hüter einer heiligen Stätte auch einmal eine besondere Freude machen wollte, unternahm ich einen ausgedehnten Spaziergang zu einigen mir bekannten Eichen. Dank unserer geistigen Verbindung vermochte Fenris mich dabei zu begleiten, obwohl unser Weg uns über die Grenzen der ehemaligen Insel hinausführte.

Um ehrlich zu sein, lag diesem Ausflug die von mir gehegte Absicht zugrunde, Fenris etwas für das mir von ihm gemachte Geschenk zurückzugeben. Der freute sich zwar über das gemeinsame Erlebnis, lächelte über diesen naiven Versuch aber trotzdem milde. Es dauerte eine Weile, bis ich erkannte, weshalb er diese Reaktion gezeigt hatte.

Um dies zu begreifen, musste ich zuerst verstehen, dass sein anschließendes Verschwinden aus meinem Empfinden nicht einfach das Ende seiner Existenz als Fenris – also einer körperlosen Person – darstellte. Für ihn bedeutete sein Zusammentreffen mit mir nicht wie von mir unterstellt, dass er nach erfolgreicher Erfüllung seines Versprechens damit belohnt worden wäre, eine Wiedergeburt in dem Sinne zu erfahren, dass seine **Karma**geschichte nun von einem neu geborenen Wesen weitergeführt würde. Und auch für mich bedeutete die geistige Auseinandersetzung mit ihm nicht, dass ich lediglich Besuch bekommen hätte, der wieder gegangen wäre, nachdem ich von ihm eine Aufgabe übernommen hatte.

Vielmehr handelte es sich bei der Tatsache, dass ich mich für Fenris und seine Geschichte geöffnet hatte, um kein einseitiges Geschehen. Ohne dass mir dies zunächst bewusst gewesen wäre, hatte Fenris sich im Gegenzug für meine eigene komplizierte Geschichte geöffnet und sämtliche meiner Erinnerungen mit mir geteilt. Dadurch aber hatte er mich nicht nur als Seelenverwandten erkannt, sondern auch die Fortschritte meiner Vorexistenzen auf dem buddhistischen Pfad erfolgreich nachvollzogen – so erfolgreich, dass es für ihn keine Wiedergeburt mehr hätte geben müssen, hätte er nicht dem Vorbild meiner Vorexistenzen folgend einen **Bodhisattwa**schwur abgelegt.

Nun waren Fenris und ich durch dieses Geben und Nehmen in Bezug auf unsere Erinnerungen, Erkenntnisse und Einstellungen fast zu einer Art geistiger Einheit verschmolzen. Einer völligen Vereinigung unserer geistigen Bestandteile (wobei es bei Fenris logischerweise nichts über diese Hinausgehendes gab) stand allerdings meine Ich-Identifikation im Weg. Ich spreche ausschließlich von der meinigen, da Fenris seine mittlerweile vollkommen überwunden hatte – was sich für mich so anfühlte, als sei er als Person verschwunden. Genau deshalb hatte ich ja zunächst vermutet, er habe eine neue Existenz begonnen.

Der Hüter
der Heiligen Stätte

Daran hat ihn meine Begriffsstutzigkeit jedoch lange gehindert. Glücklicherweise habe ich zwischenzeitlich endlich begriffen, dass er sich längst zu einem Bestandteil meines eigenen Geistes gemacht hat, er also, wenn man so will, als ein Teil meiner selbst wiedergeboren worden ist. Doch konnte dieser Prozess nur dadurch zu einem erfolgreichen Abschluss kommen, dass ich Fenris als Person losgelassen habe. Er ist ich, ich bin er – und gleichzeitig sind wir beide weder das eine noch das andere, sondern lediglich ein sich stetig veränderndes Konglomerat aus geistigen wie körperlichen Bestandteilen, die mittlerweile alles miteinander teilen.

»Nein, diesen ganzen Gespensterquatsch mag ich nicht. Schade um die schöne Geschichte. Warum unbedingt eine mystifizierte Gruselstory daraus machen?«, höre ich da manche Leser an dieser Stelle ausrufen. Doch hat die Geschichte von Wotan-Fenris erstens gezeigt, dass es auch in aufgeklärten Zeiten durchaus Phänomene geben mag, die zwar experimentell nicht nachweisbar, aber trotzdem erfahrbar sind. Zweitens folgt aus den in dieser Erzählung geschilderten Erlebnissen, dass Geistwesen uns Menschen nicht grundsätzlich böse gesinnt bzw. aufgrund ihres Charakters / oder irriger Auffassungen zu fürchten sind. Und drittens findet ein ähnliches geistiges Verschmelzen, wie ich es mit Fenris erfahren habe, auch zwischen uns Menschen andauernd statt, nur in geringerem Ausmaß. Denn was anderes geschieht mit meinem geistigen »Setup«, tauche ich in die Welt eines Films oder Buchs ein oder höre dabei zu, wie jemand mir etwas erzählt, als dass ich durch Nachvollziehen und Identifikation einen Teil der jeweils dargestellten geistigen Welt zu meiner eigenen mache?

Letzteres bedeutet allerdings nicht, dass nicht auch das Gegenteil möglich wäre, dass ich mich also aufgrund einer deutlichen Distanzierung von dem virtuell Erlebten geistig neu oder zumindest deutlicher anders positioniere als zuvor. Ungeachtet der von mir vorgenommenen Bewertung bleibt für diese das geteilte Erleben jedoch trotzdem die Grundlage.

Ohne es zu bemerken, teilen wir Menschen also schon allein durch unser alltägliches Miteinander wesentlich mehr miteinander, als wir das gemeinhin denken. Das Ich, das den meisten von uns bewusst zur Abgrenzung unserer eigenen Identität von den anderen dient, ist auf einer uns meist nicht bewussten Ebene also gar nicht so vollkommen getrennt von allem und jedem, wie uns das in einer Kultur vorkommt, in der ein »Sich-Abheben-von-der-Masse« als besonders erwünscht gilt.

Fenris dagegen hat mir an seinem Beispiel gezeigt, dass es weit erstrebenswerter sein kann, dem Materiellen lediglich den zweiten Rang hinter geistigen Errungenschaften wie Erlebnissen einzuräumen. Das wirkliche Land der unbegrenzten Möglichkeiten liegt auf der anderen Seite der von ihm für uns bewahrten Brücke. Dies wiederum ist der Fall, weil nur dort eine Kontaktmöglichkeit zu dem besteht, wovon Wotan erkannt hat, dass es keine Rolle spielt, ob man es Taranis, Thor oder sonst wie nennt.

Informationsteil

Bodhisattwa

Dieser Sanskritausdruck bedeutet *Einer, dessen Wesen Erkenntnis ist* und meint im Buddhismus jemanden, der anstrebt, Befreiung von dem *Samsara* (dt.: Ständiges Wandern) genannten, als leidvoll angesehenen Kreislauf von Tod und → **Wiedergeburt** zu erlangen (also ein Buddha zu werden). Zu diesem Zweck legt ein Bodhisattwa das Gelübde ab, auf dem eigenen Weg zu seinem Ziel anderen Wesen dabei zu helfen, dieses ebenfalls zu erreichen.

Dickens' berühmte Erzählung

Hiermit ist die von Charles Dickens (* 07.02.1812, † 09.06.1870), einem der bedeutendsten englischen Schriftsteller, 1843 verfasste Erzählung *A Christmas Carol in Prose* (dt. wörtlich: *Ein Weihnachtslied in Prosa*, meist aber unter dem Titel: *Eine Weihnachtsgeschichte*) gemeint – ein häufig verfilmter, vertonter und für die Bühne bearbeiteter Klassiker der Weihnachtsliteratur, in dem der geizige Held namens Scrooge beginnend mit Heiligabend von vier verschiedenen Geistern heimgesucht wird: dem seines ehemaligen Geschäftsteilhabers, dem Geist der Vergangenen Weihnacht, dem Geist der Gegenwärtigen Weihnacht sowie dem Geist der Zukünftigen Weihnacht. Auf letztere drei bezieht sich die Anspielung im Text.

Fenris

→ **Wiedergeburt** → **Wotans** als Geistwesen. Den Namen hat Fenris von den in der Nähe der zerstörten → **Heiligen Insel** lebenden Menschen nach dem sog. Fenriswolf erhalten – einer Figur der nordischen Mythologie, deren Name nach Aussage des Geists *Der dem Sumpf* [Fen] *Entstammende* bedeutet. Der auch Fenrir genannte Fenriswolf der Sage – Kind eines Gottes mit einer Riesin – scheint zunächst ein harmloses Tier zu sein. Doch wird der Wolf mit der Zeit immer größer und kräftiger, sodass die Götter aus Angst vor ihm letztlich beschließen, ihn für immer zu *fesseln*. Befreiung wird er erst zur Zeit des Weltuntergangs (s. → **Ragnarök**) finden. Daher gilt er als dessen Vorbote.

Fenriswolf

s. → **Fenris**.

eine andere Finsternis

Hiermit ist die Finsternis des Sterbens gemeint, die nach Berichten von Menschen mit Nahtoderfahrungen zu urteilen neben dem Erblicken eines dunklen Tunnels mit einem Licht am Ende und / oder einem sich eröffnenden Weg wohl sehr häufig Teil einer solchen Erfahrung ist.

Geist / Geistwesen
s. → **Fenris**.

Geist der Weihnacht
s. → **Dickens' berühmte Erzählung**.

Gerresheim
An den Randhöhen des Niederbergischen Lands gelegener, östlicher Stadtteil von
Düsseldorf. Archäologische Funde weisen auf eine Besiedlung des Gerresheimer
Raums seit der Jungsteinzeit (zwischen 5.800 und 4.000 v. Chr.) hin. In dem in
der Erzählung beschriebenen Gebiet wurden Gräberfelder aus der vorrömischen
Eisenzeit (750 – 30/60 v. Chr.) gefunden, an anderen Stätten Siedlungskeramik
aus dem 1. Jh. v. Chr. sowie ein germanisches Brandgrab aus römischer Zeit. Als
Keimzelle der späteren eigenständigen Stadt Gerresheim, die erst 1909 nach Düsseldorf
eingemeindet wurde, gilt die Gründung eines Frauenstifts durch den fränkischen
Adeligen Gerrich auf seinem hier gelegenen Gut während des letzten Drittels des
9. Jhs.

Heilige Insel / Stätte
In der Erzählung Bezeichnung für eine in einem Moor vor den heute *Gerresheimer
Höhen* genannten Hügeln (s. → **Gerresheim**) gelegene Insel bzw. die sich darauf
befindende, erst dem keltischen Gott → **Taranis** und später dem germanischen
Gott → **Thor** geweihte Kultstätte.

Karma
Dieses Sanskritwort, dessen direkte Bedeutung auf Deutsch mit *Wirken* oder *Tat*
wiedergegeben werden kann, wird im Hinduismus zur Bezeichnung der Vorstellung
benutzt, dass jedwede Handlung Ursache einer späteren Wirkung ist, die nicht
notwendigerweise im selben Leben in Erscheinung treten muss, sondern sich
auch in einem zukünftigen manifestieren kann. Im Buddhismus werden nicht
erst die Taten als Ursache angesehen, sondern bereits die Absichten.

Ragnarök
Der *Schicksal der Götter* bedeutende altnordische Begriff, der im Deutschen aufgrund
einer Fehlinterpretation meist mit *Götterdämmerung* wiedergegeben wird, bezeichnet
den sagenhaften Kampf der Götter gegen die Riesen, der durch zahlreiche
Einzelereignisse zum Untergang der Welt führt. Nach dem Ende der alten Welt wird
der Sage zufolge eine neue, bessere mit neuen Bewohnern und ebenso neuen Göttern
entstehen.

Ratmar

Der Vorgänger → **Wotans** im Amt des Hüters der → **Heiligen Stätte** ist neben seiner Tätigkeit als Priester → **Thors** Heiler für sämtliche Menschen in der Umgebung der ihm als Wohn- wie Kultstätte dienenden Insel. Sein Name ist altnordischen Ursprungs und bedeutet in etwa *Der kluge Ratgeber*.

Sumpfgeist

s. → **Fenris**.

Taranis

Bezeichnung für den keltischen Himmelsgott, der im Speziellen für das Wetter und da insbesondere für den Donner zuständig war. Taranis, dessen Symbol ursprünglich ein Rad gewesen ist, über dessen Bedeutung es lediglich Vermutungen gibt, gilt neben dem göttlichen Stammesvater Teutates sowie dem Gott des Handels und der Wege Esus, die beide manchmal auch als Kriegsgott angesehen wurden, als Hauptgott der Kelten. Sein Name wird aufgrund der Bedeutung von Wörtern mit derselben proto-keltischen Wurzel wie auch des dazu passenden indo-europäischen Kontexts als *Der Donnerer* gedeutet. Seine Funktion betreffend gibt es große Überschneidungen mit dem germanischen Gott → **Thor**. Möglicherweise ist der keltische Name sogar etymologisch mit dem nordgermanischen Wort verwandt.

Thor

Bezeichnung für den germanischen Wettergott, welcher der nicht zur See fahrenden Landbevölkerung auch als Vegetationsgottheit galt. Bei Thor scheint es sich um eine Abspaltung von einem ursprünglich allgemeinen Himmelsgott zu handeln. Wie der Name bereits vermuten lässt, ist er insbesondere Herr über Blitz und Donner. Bei den Germanen herrschte die Vorstellung, dass Gewitter dadurch entstehen, dass Thor in seinem Wagen Hammer schwingend durch den Himmel fährt. Thors Hammer ist aber nicht nur Blitz-Waffe, sondern darüber hinaus auch Fruchtbarkeitssymbol. Der wegen des ihm zugeschriebenen anthropomorphen Aussehens auch *Rotbart* genannte, sich durch Menschenfreundlichkeit auszeichnende Thor gilt aufgrund seiner Funktion als Symbol göttlicher Stärke (ohne die er den Hammer nicht schwingen könnte) als Beschützer der menschlichen Welt vor den Riesen. Da Thor eine besondere Beziehung zur Eiche nachgesagt wird, hat sich in diesem Zusammenhang ein Baumkult entwickelt, mit dem häufig auch Fruchtbarkeitsriten verbunden waren.

Wiedergeburt

Bei der von → **Ratmar** vertretenen These, dass die Kelten an eine Wiedergeburt glaubten, womit er die Reinkarnation einer unsterblichen Seele in einem anderen menschlichen Körper meint, handelt es sich wohl um eine unzutreffende, später auch von den Römern verbreitete Unterstellung durch Feinde der Kelten, die dazu diente, sich deren Unerschrockenheit im Kampf zu erklären.
Ratmars Auffassung von Wiedergeburt hat keinerlei Bezug zum buddhistischen Konzept, bei dem Wiedergeburt den Beginn einer vollkommen neuen, das bisherige → **Karma** weitertragenden und daher von diesem geprägten Existenz bedeutet. Statt an Wiedergeburt glaubten die Kelten wohl eher an ein Weiterleben in der sogenannten Anderwelt oder Anderswelt – einer die materielle Welt der Gegenwart durchdringende geistige Sphäre, in der nicht nur die Verstorbenen körperlos weiterleben, sondern die von allen möglichen (guten wie bösen) Wesen bewohnt wird. Je nach lokaler keltischer Tradition unterscheiden sich die Vorstellungen von der Anderwelt.
Im vorliegenden Text wird mit Wiedergeburt neben dem Vorgang der Reinkarnation auch die reinkarnierte Person bezeichnet.

Wotan

Die Titelfigur ist nach dem je nach Aussprache *Odin* oder *Wotan* (dt.: Wut) genannten Hauptgott der nordischen wie kontinentalgermanischen Mythologie benannt, dessen Wesen durch heftige Erregung bis hin zur Wut gekennzeichnet ist. Ursprünglich Bauer und Jäger wird der Wotan der Erzählung durch eine als Ruf Thors interpretierte Verletzung zum Schüler und späteren Nachfolger → **Ratmars**. Der von ihm während seines Sterbens geleistete Schwur, auch in einem neuen Leben Hüter der Heiligen Stätte sein zu wollen, führt zu seiner Wiedergeburt als → **Fenris**.